中国科普大奖图书典藏书系

偷脑的贼

——潘家铮院士科幻作品选

潘家铮◎著

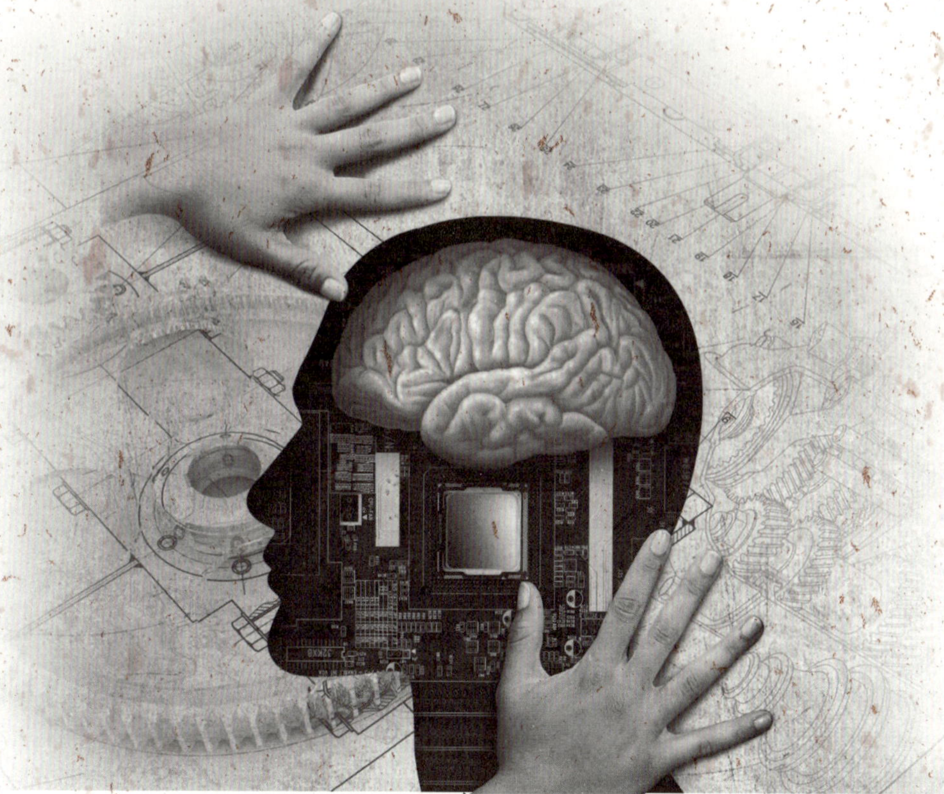

长江出版传媒 | 湖北科学技术出版社

图书在版编目(CIP)数据

偷脑的贼—潘家铮院士科幻作品精选／潘家铮著.
—武汉：湖北科学技术出版社，2012.10（2019.4 重印）
（中国科普大奖图书典藏书系／叶永烈　刘嘉麒主编）
ISBN 978-7-5352-5395-8

Ⅰ.①偷…　Ⅱ.①潘…　Ⅲ.①儿童文学—科学幻想小说—中国—现代—选集　Ⅳ.①I287.47

中国版本图书馆 CIP 数据核字（2012）第 307279 号

偷脑的贼
TOUNAO DE ZEI
责任编辑：谭学军　梅嘉容　　封面设计：戴　旻　胡　博

出版发行：湖北科学技术出版社　　电话：027-87679468
地　　址：武汉市雄楚大街 268 号　　邮编：430070
（湖北出版文化城 B 座 13-14 层）
网　　址：http://www.hbstp.com.cn

印　　刷：湖北大合印务有限公司　　邮编：433000

700×1000　1/16　　12.25 印张　　2 插页　　152 千字
2012 年 10月第 1 版　　2019 年 4 月第 15 次印刷
定价：22.00 元

总序

ZONGXU

我热烈祝贺“中国科普大奖图书典藏书系”的出版！“空谈误国，实干兴邦。”习近平同志在参观《复兴之路》展览时讲得多么深刻！本书系的出版，正是科普工作实干的具体体现。

科普工作是一项功在当代、利在千秋的重要事业。1953年，毛泽东同志视察中国科学院紫金山天文台时说：“我们要多向群众介绍科学知识。”1988年，邓小平同志提出“科学技术是第一生产力”，而科学技术研究和科学技术普及是科学技术发展的双翼。1995年，江泽民同志提出在全国实施科教兴国的战略，而科普工作是科教兴国战略的一个重要组成部分。2003年，胡锦涛同志提出的科学发展观则既是科普工作的指导方针，又是科普工作的重要宣传内容；不是科学的发展，实质上就谈不上真正的可持续发展。

科普创作肩负着传播知识、激发兴趣、启迪智慧的重要责任。“科学求真，人文求善”，同时求美，优秀的科普作品不仅能带给人们真、善、美的阅读体验，还能引人深思，激发人们的求知欲、好奇心与创造力，从而提高个人乃至全民的科学文化素质。国民素质是第一国力。教育的宗旨，科普的目的，就是为了提高国民素质。只有全民的综合素质提高了，中国才有可能屹立于世界民族之林，才有可能实现习近平同志最近提出的中华民族的伟大复兴这个中国梦！

新中国成立以来，我国的科普事业经历了1949—1965年的创立与发展阶段；1966—1976年的中断与恢复阶段；1977—

1990年的恢复与发展阶段；1990—1999年的繁荣与进步阶段；2000年至今的创新发展阶段。60多年过去了，我国的科技水平已达到“可上九天揽月，可下五洋捉鳖”的地步，而伴随着我国社会主义事业日新月异的发展，我国的科普工作也早已是一派蒸蒸日上、欣欣向荣的景象，结出了累累硕果。同时，展望明天，科普工作如同科技工作，任务更加伟大、艰巨，前景更加辉煌、喜人。

“中国科普大奖图书典藏书系”正是在这60多年间，我国高水平原创科普作品的一次集中展示，书系中一部部不同时期、不同作者、不同题材、不同风格的优秀科普作品生动地反映出新中国成立以来中国科普创作走过的光辉历程。为了保证书系的高品位和高质量，编委会制定了严格的选编标准和原则：一、获得图书大奖的科普作品、科学文艺作品（包括科幻小说、科学小品、科学童话、科学诗歌、科学传记等）；二、曾经产生很大影响、入选中小学教材的科普作家的作品；三、弘扬科学精神、普及科学知识、传播科学方法，时代精神与人文精神俱佳的优秀科普作品；四、每个作家只选编一部代表作。

在长长的书名和作者名单中，我看到了许多耳熟能详的名字，备感亲切。作者中有许多我国科技界、文化界、教育界的老前辈，其中有些已经过世；也有许多一直为科普事业辛勤耕耘的我的同事或同行；更有许多近年来在科普作品创作中取得突出成绩的后起之秀。在此，向他们致以崇高的敬意！

科普事业需要传承，需要发展，更需要开拓、创新！当今世界的科学技术在飞速发展、日新月异，人们的生活习惯和工作节奏也随着科学技术的进步在迅速变化。新的形势要求科普创作跟上时代的脚步，不断更新、创新。这就需要有更多的有志之士加入到科普创作的队伍中来，只有新的科普创作者不断涌现，新的优秀科普作品层出不穷，我国的科普事业才能继往开来，不断焕发出新的生命力，不断为推动科技发展、为提高国民素质做出更好、更多、更新的贡献。

“中国科普大奖图书典藏书系”承载着新中国成立60多年来科普创作的历史——历史是辉煌的，今天是美好的！未来是更加辉煌、更加美好的。我深信，我国社会各界有志之士一定会共同努力，把我国的科普事业推向新的高度，为全面建成小康社会和实现中华民族的伟大复兴做出我们应有的贡献！“会当凌绝顶，一览众山小”！

中国科学院院士
华中科技大学教授 杨叔子 二〇一二 九．廿八

目 录

偷脑的贼

高科技杀手

UFO的辩护律师

雀 巢 梦

思想探测仪

一千年前的谋杀案

宋徽宗之死

古墓沉冤

偷脑的贼

数学大师的传人

吴铭院士突然去世，全国乃至全世界数学界发出一片叹惋声。

这位院士确实是位少见的数学奇才——也许属于500年才出现一个的旷世奇人。在他三四岁时，当同龄孩子还数不清7、8、9的时候，他已能算出几何级数的和了。进入学校后，他更是年年包揽青少年数学奥林匹克赛的冠军。12岁的他被破格保送进了中华数理大学深造，此后他如醉如痴地遨游于数学王国，在许多领域里做出巨大贡献，攻克了一道道前人留下的难关。他最大的成就还是在数论方面。30岁以后，他在集中精力证明了费马大定理后，继续挥戈猛攻"哥德巴赫猜想"这道数学史上有名的大难题。

这道难题仿佛是数学王国中最奇险的一道雄关，又像是数学女皇皇冕上所缀的一颗最大的钻石，但要摘取这颗钻石，谈何容易！以吴铭院士的功力，在前人的基础上，穷20年时间竟然仍未取胜。有几次，吴铭自认为已胜券在握，离开最终目标只有半步之遥。然而就是这半步差距使他多年心血化为乌有。经过几次挫折后，吴铭认识到要攻下这座顽固堡垒心急不得，要看准目标，另辟蹊径，稳扎稳打，步步前进。采取这一策略后，虽然在好长时间内他没有发表什么惊人成果，脸上的笑容却愈来愈明显。熟悉他的人都知道，他攀上顶峰之期已经不远了。他也不再隐瞒他的进展和喜悦，在一个深秋夜晚的座谈会上，他公开说："我现在已爬到和珠穆朗玛顶峰一样高了，只要平移一步，就可把世界之巅踩在脚下，你们等着好消息吧。"他的话引起热烈的掌声。

不想天有不测风云，就在座谈会后，院士病倒了。开始时，不过是病毒性感冒，大家都不太在意。接着院士高烧不退，神志不清，被紧急送进医院后转为肺炎，任凭医师如何抢救终未见效，只好通知家属和机关。数学院领导在接到医院的病危通知后，几乎不能置信。等到院长和书记匆匆赶到病房，吴铭已进入弥留状态。病房中除医护人员外，还有两名陪客，一位是院士的外甥陶辛斋教授，另一位是陶教授的助手胡作昌教授。原来院士是位独身主义者，他的亲人只有这个外甥。陶教授把病情恶化经过简单说了一下。院领导走近病床时，吴铭已不能说话，勉强用手指了一下陶教授，又微微动了一动头就溘然长逝，连眼睛都未闭上。

众人抑制了悲痛，处理了后事。在回院的路上，院长愁眉不展地向书记说：

"这真是飞来横祸。院士突然去世，是我们的巨大损失。尤其可惜的是：他多年来向哥德巴赫猜想的攻坚，已经到了摘成果的时候了。没有人知道他的研究细节，眼看可以到手的重大成果又化为泡影，需要从头做起，又不知何年何月可以奏凯歌，这实在太令人遗憾了。"

书记未开口，点点头表示同意。这时，搭便车的陶教授忽然插嘴：

"院长，关于攻关一事，请你不必挂怀。不瞒你说，舅舅在临终前已把他的研究思路、技术路线、主要关键和已有成果全告诉我了，而且指定我为他事业的接班人，继续攻关以竟全功。他临终前不是想把我介绍给你们吗？我想，我和小胡一定能很快完成他的遗愿。"

院长和书记对视了一下，院长吞吞吐吐地说："陶教授，你愿意继承吴院士的遗志，这很好，我们很钦佩。但是数学一道，必须循序渐进，没有什么捷径。要研究和攻克吴院士的课题，没有几十年的工夫是谈不上的，仅靠院士临终前几句吩咐很难奏效。你的心情我们理解。攻关的事我们会另有安排。”

“两位领导先别把话说死，你们不相信我的能力和才华？这个关我是攻定了，我只求你们看吴院士的面上，稍稍支持我一下。”

“陶教授，”书记是个急性子人，有点按捺不住，“你当然也是位高级知识分子，也懂点数学。不过你是位微电子专家，可想而知，你只学过些应用数学，它们和抽象的纯粹数学是两码事。不怕你见怪，你学过的那些内容，什么计算数学、数学分析……嘿嘿，在纯粹数学的殿堂里是没有位置的，给数学女皇当个丫头怕也不够格。也许有些名词和概念你还没有听到过、也搞不清，怎么能去攻关呢？”书记说到这里意味深长地叹了口气：“隔行如隔山呀！”

陶辛斋从鼻孔里哼了一声：“看来你们是进入殿堂的大师了，那就请你们考我一下，看看我这个门外汉有没有做女皇丫头的资格。”

院长和书记想摆脱他的纠缠，便拿近来数学界中争论最多的一些高度抽象的问题相问，认为这足以把这个狂妄的人吓退。不想陶辛斋接过话题，洋洋洒洒地发挥起来，其水平之高，理解之深，使两位领导瞠目结舌。他们发现陶辛斋的数学水平不在吴铭之下，院长惊讶万分地拍拍陶教授的肩膀：

“陶教授，你可真了不起！我算服了你啦。你确实可以做院士的接班人。我真想不到在外系统中有这么一位数学天才。你要我们怎么支持你呢？”

“很简单，第一，请你们聘我为特约研究员，我可以随时去你院工作。第二，允许我接收吴院士的手稿，加以研究应用。第三，在发表论文和举办学术讲座方面给予方便。”

院长和书记低头商量了一会，答复说：“如果就是这些要求，我们可以同意，但还要院务会议通过一下。院士的手稿，可给你一份复印件，引用时必须注明。”

“感谢支持，一言为定。”陶辛斋伸出手来和他们重重握了一下，就和胡作昌下了车。

从此以后，在国家级的数学学报上不断发表陶辛斋和胡作昌署名的重要数论论文，既有独立性，又有连贯性，把对哥德巴赫猜想的探索一步步引入新的境界。最后，在院士去世周年之际，陶辛斋终于完成了最后一篇论文，完美地证明了哥德巴赫猜想。这道几世纪以来难倒过多少位数学大师的雄关终于被攻克了，陶辛斋摘下了数学女皇皇冕上的最大钻石。国际数学界在承认和庆贺他的成就并颁给大奖时，不得不惊叹以前名不见经传的一个小人物竟会火箭般地冲天而起，登上世界巅峰。许多人对此迷惑不解。

世纪棋王之战

全国围棋协会正在紧张地开常委会，研究在号称“围棋棋仙”的艾德渊大师突然患病后如何应付即将举行的“世界棋王战”决赛问题。

围棋本来发源于中国，后来传入邻邦并散播到全世界。但长期以来，由于种种原因中国的棋艺水平反而落后了，经过几代人的艰苦努力，才恢复元气，达到了可与邻国进行势均力敌的竞赛水准。这次“世纪棋王战”反映了围棋最高水平的较量。开赛半年多来，各国高手在厮杀中纷纷落马被淘汰，最后只剩下中国的“棋仙”艾德渊和对手“天元王”木村二郎两人决赛，“世纪棋王”将在他们两人中产生。在国内，多数同行看好棋仙，认为他获胜的概率更高些。不少热心人还走访或投函棋仙，提出克敌制胜之道。即将举行冠军决赛的前夕，德渊大师却突然发了精神分裂症，完全不能再弈棋了，主持决赛的全国棋协怎能不方寸大乱、焦灼万分呢？

大师这病来得古怪，似无前例。在星期五上午，他还兴致勃勃地游园垂钓，疏散身心，一副胸有成竹的架势，下午又在家中接待过几位棋友，畅谈木村的棋路和优缺点，研究因应之道。而在晚上 家人喊他用膳时，发现

他倒在长沙发上呼头痛，休息片刻后便出现精神分裂现象。对日常生活和一般知识，他尚能自理和保持记忆，独独对围棋一道竟然遗忘得一干二净，成为百分之百的棋盲。这事不仅震惊了围棋界，也震动了医药界和领导层。一个专门治疗组迅速成立了起来，为大师精心治疗和护理，但毫不见效，甚至是每况愈下，人们简直束手无策。

在棋协会议室中，委员们一筹莫展，垂头丧气。正在冷场时，服务员送进一张名片，说是有人求见，自称他能解决目前困难。主持会议的陈清平会长看了一下名片，皱皱眉说：

"陶辛斋，不就是那位数论大师吗？他在围棋界中并无地位呀，他来干什么？告诉他，我们正在举行重要会议，没有时间接待……"

"会长，我想不妨让他进来，看看他有什么招数，也许他有什么祖传秘方可以治突发性精神病呢。"副会长范继屏由于感到走投无路，提出了建议，而多数委员早已精疲力竭，此刻也纷纷赞成。他们其实是想转换个话题，以恢复冷静和消除疲劳罢了。

陶辛斋进来后向委员们点头致意，然后侃侃发言："……我是围棋的狂热爱好者，十分关心这次'世纪棋王'决战。我知道德渊大师不幸患病，想来你们一定陷入困境，所以不揣冒昧，赶来谨献一孔之见，以解难题。"说到这里，他卖关子似的停了下来，喝上几口茶："目前出路只有两条，或是不战认输，把棋王宝座拱手让人；或与对方商谈，另派功力与棋仙匹敌的国手，代他应战……"

"棋赛中从无这种规矩。再说，从哪儿去找一位可以代表棋仙的国手呢？"陈会长不耐烦地打断了他。

"规矩是人立的，只要双方同意，尽可修改。至于说代表，那当然非本人莫属了。"陶辛斋伸出一只手指，点点自己的鼻子。

这番毛遂自荐的话，引起了哄堂大笑——世界上竟有这样大言不惭的狂人！陈会长压住火气，装出有礼貌的样子：

"陶教授，我们知道你是数学权威，一年前攻克过哥德巴赫猜想，为国争光。可是围棋是另外一道。一个人要从幼年投身，经过数十年的钻研磨炼，才能逐步晋升成才，这不是用你的数学公式可以解决的。据我所知，你在围棋界里……怎么说呢，反正是大门都没进，最多是个业余一级棋手吧，连初段都不是，怎么会异想天开要代表棋仙出战呢。如果真要选代表，我们有的是九段、八段国手，从现在排名，排到天黑也轮不上你呀！”

“我知道你们会说这些话的，”陶辛斋冷静地说，“但实际上，棋仙早已选定我是他的秘密传人，只是为给国家保留一个‘秘密武器’，我不在一般的棋赛中露面罢了。现在，我的水平完全和棋仙相当，我不仅尽得他的真传，还有创新。我们两人对弈的成绩，大体上是平分秋色，但我还是稍占优势。以我估计，由我去对付木村，那是关云长温酒斩华雄，稳操胜券，不在话下。”

会议又一次陷入混乱，陈会长觉得难以控制局面，便敲敲台子：“上午的会就开到这里。陶教授既然夸下海口，我们休息一下就请他献艺吧，看看他是怎么尽得棋仙真传的。”

大约为了想尽快戳穿陶辛斋的牛皮，使会议转入正轨，陈会长特别请了一位五段高手与陶辛斋较量。委员们都好奇地观战，而且一致认为不要多久，牛皮大王即将原形毕露。想不到一个半小时后，五段国手竟中盘推枰认输。这一下惊呆了所有委员。陈会长不敢怠慢，从下午起，请了几位最负盛名的高段棋士与陶辛斋较量。几天下来，一一败在陶的手下，而且据委员们分析，陶的棋风确实和棋仙一脉相承——也就是人们称为“神仙流”的境界。看来陶辛斋并未吹牛。

数天后，中国棋协向对方送出公函，解释由于艾德渊大师突然发病，决赛无法如期举行，并提出三种解决办法请对方选择：一、无限期推迟决赛至大师康复；二、中方声明放弃决赛权将皇冠奉送；三、请棋仙的唯一传人陶辛斋代表出赛，陶的功力和水平完全与棋仙相当。这封信送出后很久未得答复。看来对方对出现这一变故和中方提出的建议大感意外，正在苦思对策，最后得到的答复竟是破天荒地同意第三方案。只是要求决赛者名字仍用艾德渊，加个括弧注明由陶辛斋代表。估计对方既不同意推迟决赛，也不愿意白得桂冠，而且认为围棋赛中不可能出现秘密武器，木村天元王有绝对能力，力斩名不见经传的陶辛斋于马下，以振国威，所以破常规地同意这种做法。

双方这一协议迅速引起全国、东亚乃至全世界围棋界的关注。众多的议论中多数认为中方是不得已出此下策，因而判断中方必负。所以开赛那天，现场观摩票抢购一空，所有电视台都作直播，真是盛况空前。

公安局郑鄂昆局长是个不折不扣的围棋迷和业余好手，他几乎花了半个月的工资弄到一张现场观摩券，兴致勃勃去了棋院。在休息厅中，人头攒动，观众们谈笑风生。他忽然看到陶辛斋的助手胡作昌也坐在一个角落里，便前去招呼。

“喂，胡博士，你今天来为老师助阵啊。说真的，我从来不知道陶先生竟是位伟大的国手，你在他身边，想必也是名师出高徒了……”

“不，不！”胡作昌显得有些慌乱，他把帽檐拉低一点，“我的棋艺很低，只是来凑凑热闹。啊，郑局长，我今天来棋院，陶先生并不知道，他关照我要加班完成一项研究任务的，你可别在他面前提到我来过的事。拜托了。”

郑局长感到有些意外，顺口应了一句，就随人流进入赛场。他找了个好位置坐下，向四周一望，胡作昌又低头坐在一个角落里，这些反常举动使他有点困惑。

铃声响后，满面笑容的陶辛斋潇洒出场，与木村友好地握手后就座，看不出丝毫紧张之色，倒是木村有些拘谨。木村执白，布下了他最擅长的局势，陶辛斋沉着对抗，他反应之敏捷，计算之精密，思考之深远，不愧是棋仙的传人。木村更不敢怠慢，施出浑身解数，处处显出他的“魔鬼流”的棋风。弈到封局，双方形势大致持平，只是黑棋在四角稍占优势而白棋在中部有形成大龙之势，不少人都为陶辛斋捏把汗。

下午再战，在几个回合后，陶辛斋突然在白大龙的左腹深处断上一子。木村大出意外，足足长考了50分钟才应上一子。以后陶就东一刺西一吊，局势变得复杂万分，捉摸不定，时而黑子见好，时而白棋有起色，观众们都应接不暇。但木村显然已陷入被动应付局面。到形势略清时，原来分散的黑子竟奇迹般地连成一体。在最后阶段，陶辛斋又迭出奇招，而木村已进入读秒阶段，更感到难以招架。终局时，陶辛斋竟以9目半优势大胜木村，这在名人战中是少见的，对木村来讲更是生平惨败。

"中国赢了！中国赢了！"许多人欢呼着，"魔鬼遇到了神仙！"许多人议论着。郑鄂昆也在激动和兴奋的心情中走出了棋院，但是他的心中总存在一些疑惑和不安。这个疑团要在一年多后才被解决。

精神病专家的疑惑

时光迅速。"世纪棋王战"引起的高潮已逐渐在人们记忆中消退，转眼又到了夏末秋初的季节。郑局长忙于研究最近发生的几起刑事案件，忙碌不堪。

星期五黄昏，郑局长因为要部署几个大案的侦破工作，7点半才回家，这对他来说是家常便饭，并不算迟。郑局长的夫人金撷英是精神病医院的主任大夫，还兼着精神病防治研究所的研究员。她是郑局长的贤内助，很支持丈夫的工作。这天早晨，她还答应郑局长要早些下班回家，准备几盘好菜，让全家过个愉快的周末，所以郑局长宁可忍饿，也不在局里吃工作餐，工作一结束就兴冲冲赶回家，准备细细品尝一下夫人准备的美酒佳肴。

不想按了几次铃，都无人回应。郑局长好生疑惑，开了门进去，才发现灶冷柜空，寻到卧室，他们的宝贝儿子小波已倒在床上睡熟了，手里还捏着未啃完的果料面包。郑局长不由心头火起。他替孩子脱了衣服睡好，便打电话去医院，值班室说金大夫早已离开。郑局长又打电话去研究所金撷英的办公室，对方却又断开了电话。郑局长又生气又疑虑，他想了一下，就驾车直奔研究所，果然，在办公室中找到了陷入深思状态中的妻子。

“撷英！你怎么搞的，到现在还不回家？你不是说今晚打牙祭慰劳我的吗？小波已经熬不住睡熟了。要不是我回去，他准得感冒。你到底在搞什么花样！”郑局长以少有的大嗓门向妻子发泄起来。

“啊，鄂昆，是你来了。”撷英好像从睡梦中惊醒过来，“啊哟，糟糕，我把今天吃团圆饭的事全忘了，对不起。都是这些奇病把我给困惑住了。”她伸手推开面前的一大堆病案和文件，向郑局长看了一眼：“你别这么凶狠狠地瞪着我啊，平常多少天都是我在家等你等到菜凉饭冷，今天我偶尔迟回去一次，你就把眼睛瞪得像铜铃，这公平吗？”

“我晚回家是为了案情紧急，身不由己，你今天又不是看急症，在搞什么虚无缥缈的精神病研究，不见得非要待在这里不回家吧！”郑局长自感理亏，但口气仍旧很硬，“奇病？什么奇病害得你都忘记回家了？”他伸手从案上取过一沓稿纸，看见撷英在上面写了个标题：关于震颤型突发性老年偏痴呆症的调查。但标题下并无内容，只杂乱地写了几个人名，并画满大大小小的许多问号和惊叹号。“你这是搞什么鬼啊？”郑局长问。

“鄂昆，既然小波已睡好了，我们不妨在这里再坐一会。”撷英拢了拢头发，“我这里有点心和方便面，你先吃一点充饥，我真的遇到一些怪事，可想听听你的意见呢。”

在郑局长狼吞虎咽吃着饼干和方便面时，撷英仔细地诉说起来。一开始，郑局长不大感兴趣，但很快他就全神贯注了，到后来连剩下的半碗面都无心吃了。

“近些日子来，出现了一种非常古怪的病症。这种病专门侵袭高级知识分子，特别是国宝级和大师级的权威专家。中青年专家发病的较少，偶有得病的也都是最拔尖最有成就的人才。他们发病的过程都相似，就是头脑疼痛，出现麻电一样的感觉，接着全身震颤昏迷，待清醒后就得了老年性痴呆症，失去记忆。发病的过程非常短促，似乎没有潜伏期和任何先兆，所以无法预检预防。”

“哦，就是你写的什么‘震颤型突发性老年偏痴呆症’了。过去我国出现过这种病例吗？”

“国际上也从未有过。这个名词是我自拟的，不算数。根据我的初步调查，已经有8个病例了，涉及最有名的物理学家、化学家、生物学家、电子学家……今天上午医院里又接收了一位发病的导弹弹道学家。我们束手无策，只能先常规对症治疗。我实在百思不得其解，下午就到研究所来寻找资料，可是一无所获。鄂昆，旁观者清，你说说这是怎么回事呢？”撷英用手指点了一下堆在台子上的一大堆资料，语气近乎绝望。

郑局长先不回答，喃喃地念着病名，忽然抬起头来：“撷英，你这个老年性偏痴呆症的‘偏’字是指什么意思呢？”

“哦，发病的人在清醒后，也不是全部丧失记忆或全面痴呆，只涉及一部分领域，对这部分他变成无知，而且往往就是他原来研究最深透最擅长的领域，好像有人用橡皮擦把他大脑中有关的记忆全部擦掉了，你说怪不怪？难道由于过去长期钻研一个问题，钻过了头，物极必反，出现了逆向返祖过程吗？”

“逆转过程？能否请你说得再清楚一些。”

“就拿前一个月发病的温克俭院士来说吧，他是国际知名的遗传学和生物工程权威。可是病后他对这方面的知识竟接近于零。他对自己过去写的论文，做的研究，茫然无知，连最简单的基本常识都不知道了，仿佛成了一个小学生。可是，对其他知识，对非专业的学科，譬如说解剖学，还有他业余爱好的音乐和考古，仍是清清楚楚，造诣一点不减。这岂不古怪！我苦苦思索，如果不是物极必反发生了逆转，那么……”撷英放低了声音，“会不会有些国际特务在施放什么病毒，有选择地专门破坏我国高层知识分子的脑子，从而危害我们的国家安全！这就是牵涉到你们和国家安全局的事了。”

“国际特务……特种病毒……嗯，有意思。”郑局长一跃而起，“撷英，这样吧，我们先回家去，明天起我就以温院士一案为突破口，进行全面调查，必要时你陪我去他家中访问，我们必须查清这个谜团！”

一条光学定理

四天后，郑局长跟随着金大夫到温院士家中去调查访问。

一位小保姆把他们带到温院士的卧室门口，忧心忡忡地提醒他们：“先生这些天来心情很不好，你们说话时要留心一些。”

果然，温院士看到他们进去后，立刻从床上坐了起来，双眼射出怒火，他咆哮道：“金大夫，你总算来了。我的病情一无好转，你们开给我的药屁用都没有！你们还有什么办法没有？老是让我休息、休息、吃药、吃药，我实在受不了哟！有多少事等着我去做，而我却变成了一个白痴！”他气忿忿地把床头柜上的许多“安神液”、“补脑汁”、“镇静剂”……统统扫到地板上。他又拿起一大沓要他处理的文件、论文、报告、信函翻了一通，伤心地扔在地上。

两个人花了好些工大才把温院士激动的心情平息下来：“温先生，你得的这病症很奇怪，过去我们未曾遇见过。现在得病的也不止你一位，全市已出现好多病例了。我们正在努力研究。今天请你配合一下，再把发病的过程详详细细地说给这位金大夫听。”

“我已经说过多少次了！”温院士几乎又要发作了，但他看到郑局长期待的眼光后，强忍肝火，“病是在4月17日星期天下午发作的。当时我正躺在那张沙发上休息，翻翻报纸，突然感到头痛难忍。我用手按摩太阳穴，但毫无效果，那脑子中好像有针在刺，我感到一阵阵震颤，一阵阵麻木，甚至引起全身颤抖。我只好大声呼叫，等我老伴跑进来，我已说不出话来了。他们赶紧把我送医院，我醒来时发现已卧在你们的病床上了，而且就得了健忘症，把过去的专业知识和经验全丧失了。大致经过就是这样。”

“温先生，你能否说详细一点，是17号下午什么时间？你是不是每天下午都休息的？”郑局长礼貌地问。

“哦，时间是下午3点左右。因为我照例每天下午在广播操时休息放松一下，这是我的习惯，天天如此。”

郑局长在手册中记下几个字，然后坐到沙发上：“你说发病时是坐在这里的吗？”

“是的，但我并不是坐着，准确说是半躺着的，对，对，就是你现在这个样子。”

郑局长尽量把姿势保持在温院士指点的位置上，然后眼睛向四周望去。过了一会儿，他从衣袋里取出一架袖珍望远镜，架在眼眶上仔细观察。一会儿，他像猎狗一样一跃而起，奔到窗口，继续用望远镜扫描着。撷英走到他身边，低声问道：“发现什么线索了吗？”

“撷英，你看看，那边一根路灯柱子上好像有块发光的东西，那是什么呀？”

金大夫也在镜筒中看到路灯柱上的发光体：“我想那是灯杆制造厂家的厂牌吧，被阳光照射着发光的。”

“厂牌不会钉在这么高的部位，这里有文章，让我们去弄弄清楚。”

他们安慰了温院士一番就出了门。郑局长调来一辆消防云梯车，亲自爬了上去。他仔细观察后，又上下前后拍了许多照片，但并没有把“厂牌”取下，就匆匆回家了。他扑进了工作室，埋头研究他获得的成果。撷英也没去打扰他，自下厨房去准备晚餐了。当她解下围裙走进工作室时，发现郑局长双目炯炯，正在满意地审阅着一堆计算成果。撷英走近去瞄了一眼：“啊呀，你怎么有空用计算机做起数学题来了？”

“是的，我做了一道空间解析几何题，而原始数据是这些照片和这架摄影定位仪提供的。”他伸手取过一只手机，拨了个号，“是小张吗？我是郑鄂昆。请你立刻去永清南路机电宾馆，查一下4月17日下午住在4楼西南角那间客房中的旅客是谁，马上告诉我。注意，不要惊动任何人。”

撷英怔怔地望着丈夫：“鄂昆，晚餐准备好了，现在去吃吗？怎么，你已查出什么情况了吗？”

“亲爱的，一点不错，很有收获。我现在敢断定，确实有阴谋分子在陷害我们的科学家，我们必须制止这一犯罪活动，好在我们已得到一些线索。”

“什么线索，能告诉我吗？”

“当然可以，我可不是福尔摩斯，要对华生隐瞒情节，直到破案后再来点明。撷英，我在调查了温院士一案的所有情况并和他交谈后，已确信有人对他下了毒手。但那些日子里温院士一直在家休假，没有外出，也没有人去访问过他。他的饮食起居，我详细查过，也无异状。那么，阴谋分子对他的毒害就只能通过遥控的手段来进行，你说对不对？”

“遥控？天啊，我简直难以想象。”

“对，遥控，只能是如此。所以我今天要他详细说明他发病的时间和当时他的情况。我根据他的说明，照样躺在沙发上，想象可能发生的事情。我假定罪犯是用激光一类的射线穿过窗户打在他脑子上的，我就沿着射线最可能进入的方向，反向窥测，果然发现窗外一根灯柱上有一小块值得怀疑的‘不明发光片’，正对着我的额角。看来罪犯对温院士的工作生活习惯已摸得很清楚，知道他每天下午3时总爱躺在沙发上休息，就精心设计，在灯柱上粘上了这块激光反射片，然后躲在别的地方发射激光，通过反射片，正好打到温院士的脑袋上。”

撷英听入了迷：“啊，有道理，那么你又怎么知道罪犯是住在机电宾馆中的呢，快说吧。”

“撷英，你想，温院士躺着时的位置是明确的，灯柱上反光片的位置也是明确的。我建立一组绝对坐标系，把院士脑袋和反光片中心联起一条直线，这就是反射线。再根据光学中入射角等于反射角的原理，立刻可以画出入射线来。我发现这条入射线是从永清南路临街面射出来的。我已摄下了临街面的全部照片，依靠摄影定位仪和这台电脑，很快确定入射线与永清南路临街建筑立面的交点是机电宾馆 4 楼西南角的客房窗户。这样不就获得了线索吗？”

手机忽然响起了铃声。郑局长拿起话筒，没听几句，就兴奋地说：“好，好，就是他，不出所料，这个恶魔终于暴露了，但我们现在千万不能惊动他。小张，你马上撤回，对调查的事严守秘密。”郑局长放下话筒，回头向妻子说：“罪犯是谁我已经知道了，这是个十分阴险毒辣的人，又有极高的科学水平，要拿到真凭实据还很困难，但他决逃脱不了恢恢法网。”他站起身来：“现在我们先去叫小波一块吃饭去吧。噢，对了，你那张病例统计单上恐怕还得增加两个人：一位数学大师、一位围棋国手。”

胡博士要求保护

又是一星期过去了，这一天郑鄂昆又很晚才回家，他刚走进胡同口，忽然看到有个人影伏在他家后门上。鄂昆心头一惊，迅速隐在暗处观察。那黑影似乎要举手按铃，又犹豫地放下。鄂昆觉得这个人不像歹徒，就放重脚步走过去。那人立刻惊惶地回转身来，一个瘦长的身影和一张惨白的脸呈现在郑局长的面前。

“啊，原来是胡作昌博士，找我有事吗，来来来，请进去啊。”

胡作昌畏惧地向胡同口望去：“郑局长，有人跟着你吗？”

郑鄂昆笑了起来，拍拍他的肩：“如果有人跟踪我都不能发现，就别干这公安局长了。放心吧，请进去呀。”

郑鄂昆把他邀进客厅坐下，又给他冲了杯浓茶，就坐在他对面等他开口。

“我……我，”胡作昌有些结结巴巴，“我是下了决心到你这里来，要揭发一件重大的犯罪活动，一个可怕的罪犯，但是我很害怕，我揭发以后，要求你们保护我。”

“如果你揭露的事情很重要，而且你确有危险的话，我们当然会保护你的。”郑局长点上一支烟，又若无其事地问道，“我想你是来揭发你的上司陶辛斋教授的吧？”

胡作昌几乎跳了起来，眼睛瞪得滚圆：“什么，你们已经知道他的罪行了？”

“我们掌握了一些线索，但是还不完整。如果你能揭发，那将是为国家、人民立下大功。喝口茶，慢慢地讲吧。”

郑局长的口气一直是那么平和而坚定，这大大增强了胡作昌的信心。他喝了茶，面色有些红润，开始说出了一个难以使人相信的故事：

“陶辛斋是我导师，实际上还是我远房表舅。是他培养我进的大学，为我选定专业，抽出时间辅导我，使我以优异成绩毕业，毕业后又做他的研究生并在他的研究所中工作。我一直把他当做最尊敬和钦佩的长辈看待，忠心耿耿为他工作，直到最后发现了他一系列不正常活动后才动摇了我的信仰。

“我们研究的课题是‘人脑智慧的转移和存储技术’，简称为ITR。你知道，一个人出生后，需通过长期艰苦学习和锻炼才能精通技术、积累经验，但是等他成为权威和大师后，他的寿命也就快要终止了，或者开始老化痴呆了。ITR就是能在专家死亡或老化前，把他脑中的知识和经验提取出来，加以存储，然后植入合适的接班人脑中，这将在多大程度上促进人类文明的加速发展呀！

“我们开始了长期的研究。这过程的艰苦曲折就不多说了。我们首先成功地实现了对人脑智慧的提取。这不算太难，只要对大脑神经元作适当的刺激，它们就会作出反应，将反应提取出来并经识别处理，就获得了脑神经元中的信息，但要把这些信息存入电脑中时，却遇到了不可逾越的障碍，我们几乎绝望了。

“就在这时候，我突然触动了灵感——唉，当时我如果不想到这点就好了。我说，陶教授，我们已试用过电子元件、光元件，一直到生物元件，都解决不了人脑信息的存储问题。看来人脑的构造十分复杂，不是简单的元件能代替的。我想干脆把它们暂存在某个人的脑子中算了，反正最终它总是要通过人起作用的。

“他听了好像如梦初醒，兴奋得又笑又叫。我们马上修改了计划，以后的进展就顺利了。我们先以自己做试验，将ITR系统的电极互相装在彼此的脑上。陶教授在文史方面造诣颇深，我把这部分智慧提取了过来，同样他也取得了我在音乐理论方面的知识。我一下子从‘史盲’变成了历史学家，而他也在当晚谱写出一支美妙的乐曲。我们都沉醉在胜利的喜悦中。”

“你们把别人的知识转录进来，不会影响自己原有的记忆吗？”郑鄂昆提出疑问。

“不会的，人脑中的神经元多着呢。有人说有几十亿、上百亿。我认为实际上可能上千亿甚至更多。平常我们应用的只占极小部分。我们只要把新的信息存进长年关闭的仓库中去就行啦。”

“哦，原来如此，请说下去吧。”

“到那时止，我认为陶教授还是一本正经从事科技开发的，但在此以后他逐渐变了。他经常一个人沉默思考，即使和我也不再推心置腹了。两年前，他忽然把我找去说：‘作昌，我们的研究成果要提前应用一下。我的舅舅吴铭院士病重，危在旦夕。他是位数学大师，不抢救出他的知识，损失太大。我已和他说明，他完全同意把他毕生的智慧转录给我。我们明天去医院一下，完成这一划时代的任务。’

“我毫不怀疑他，第二天带了设备同他去医院。大师病重沉睡着，我们就接好电路，花了一个多小时完成转录工作。不久大师就去世了，而陶辛斋成了解决哥德巴赫猜想的胜利者！后来我才知道，大师根本没有同意转录知识，是陶辛斋麻醉了他，窃取了他的知识，更可恨的是他进而害死了大师。因为只有大师死了，陶辛斋才能成为唯一能摘取数学女皇皇冠宝石的人。”

“你说陶辛斋先窃取了大师的知识，又杀害了他，可有事实根据吗？”

“证据在这里，”胡作昌摸出一本厚厚的软皮面手册，“我等一会再解释。自从第一次得手后，他就向罪恶深渊中加速堕落。他借口分工，要我专门研究开发生物电脑，以作 ITR 的后备用品。由他负责提取技术的改进，把我摒除在核心研究之外。这样过了一年多，就发生了棋王丧失记忆的事件。我也是业余围棋迷，知道这件事后猛吃一惊，接着陶辛斋取而代之，跃登‘世纪棋王’之位，我立刻断定这一定是他用ITR盗劫了棋王智慧，但不清楚没有我的协助，他怎么窃取的，又怎么使棋王丧失记忆的，我就暗地调查了解。这一查，使我惊骇万分，我发现陶辛斋在这一年中已经突破两大难关，开发出两项关键性技术，从而使他变成个真正的魔鬼了。”

ITR 技术的两大突破

“那第一项突破，就是在提取和录存别人脑中的信息时，他从有线改进到无线，即实现了遥感传递。原来我们开发的ITR是有线传递的。要用复杂的线路将两人的脑连接起来，贴上电极，进行激发、吸收、解译和录入。这样做当然要征得信息提供人的同意，或用暴力才能进行。而陶辛斋的突破，就可以在对方不同意或不知情的情况下掠取。现在陶辛斋整天戴着一顶头盔式的奇特帽子，从不离身。一切设备都装在帽子里，可以随时放出射线，随心所欲地获取别人脑中的信息，录入自己的脑子里。只是不知道有效距离达多少罢了。”

“至少在200米内是有效的。”郑鄂昆自言自语地哼了一句。

“200米？你怎么知道的？”胡作昌又吃了一惊。

“做一道初等数学题就行啦。我不打乱你，请往下说吧，还有个突破是什么呢？”

“你也不难猜到的，那就是在提取信息的同时破坏了原件。我们原来搞ITR技术时，只从人脑中提取信息，对原来的神经元没有任何影响，正像从初级的电子计算机存储器中提取信息时，原存储器中的信息并不消失。搞ITR，这是起码的道德呀。而陶辛斋在掠得对方的信息后，竟丧心病狂地将原神经元中的信息抹掉了。他一定是在获得一个信息‘a’后，就立刻构造一个负信息‘-a’而且将它反馈给原神经元，这样正负相消神经元中就留下‘0’了，用计算机术语讲就是‘冲零’。他在掠夺了别人的大脑后本来要杀害对方，但毕竟有风险，就想出这一招来。不杀人，不承担杀人犯的风险，又使对方变为白痴，再也不能妨碍他。多么阴险恶毒……你问我怎么察觉的？我去棋仙家调查过，知道陶辛斋曾以业余棋手的名义拜访过棋仙。在谈话后分手时，棋仙感到有些头痛，送走他后就丧失了弈棋能力，这不是明摆着的事实么。”

“原来如此！”郑鄂昆长叹了一声。

“从此后，我就暗中注意他的一举一动，但无法制止他犯罪，只能记录他的罪行。两三年来，他已先后劫夺和暗害了8名大师与权威。最近他罪恶的手又伸向我的同学，一位年轻的天文学奇才李海波，你们一定得制止他的罪行！”

“李海波？就是在国际天文年会上宣读‘黑洞理论和时空隧道’论文的那位年轻天文学家？”

“正是。陶辛斋有个习惯，他喜欢把所有的事情都记录在手册上。原来是用英文记的，他成为罪犯后就改用密码记。他自己开发了一种极复杂的密码，有一天他无意中吹嘘过他的密码用当代最先进的计算机也要一千年时间才能破译出来，所以他对手册的存放不太注意。我就乘机窃取出来，复制了一本，就是这本东西，里面翔实记载了他的一切犯罪活动和计划，使我知道他要对李海波下手了。”

郑鄂昆取过软皮手册翻阅，但里面全是密密麻麻像地震波一样的曲线。“要用计算机解译成数码，再破译密码才能复原。我已把它破译复原，写在夹缝中了，你只要用紫外线照射，就可以读懂。”胡作昌解释说。

“他不是说用最先进的计算机也要一千年才能破译吗？”

“可是我研制出了第五代生物电脑。它的运行速度是难以想象的。陶辛斋把我摒除在ITR开发圈以外，让我去研制生物电脑，倒给了我一个破译他密码的机会，这也许是他没有想到的。郑局长，这手册交给你了，请把它录制出来，这是一份最详细的罪行记录和口供，足以把他送上法庭判刑。”

郑局长把手册锁进保险柜，亲切地握着胡作昌的手：“作昌同志，你做了件大好事，立了大功，你回去吧，对这案子我们会尽快采取行动。”

“不，我不能回去了，”胡作昌恐怖地叫道，“他已经怀疑我了，上星期我去看过李海波，只说有恐怖分子要暗杀他，让他这些日子不要出门，不要会见任何不熟悉的人。我从他家出来时，就遇上陶辛斋。从此他就怀疑我。我怕见他，他只要向我冷笑一下，暗地里启动某个键，我就会变成白痴、半白痴的。我思想斗争了几天，最后下决心揭发他。我已破釜沉舟，不能回去了。”

郑鄂昆沉思良久，抬起头来：“作昌同志，你还得回去。他只是刚怀疑你，你对他十分重要，他还要利用你，不会对你下毒手的。如果你不回去，那就给了他一个明确的信息：你已经背叛了他，而且揭发了他，他就会立刻采取各种防范措施，这对我们的行动大有妨碍。这样吧，你不是住在寰球公寓605室吗？那地方我熟悉，隔壁的603室还空着，两室阳台相连，很容易来往。我们立刻把603室租下来，作为破案组的活动点，也有利于保护你。”郑鄂昆又掏出一只微型对讲机：“你把这手机带上，一按键可以直接和我通话。你回去后尽量保持镇定，哪儿也不要去，关门搞研究去，一切若无其事，我们会尽快采取行动，并告诉你的。”

郑鄂昆紧急行动起来。他派人暗中严密保护李海波专家——最后说服天文台领导临时派李海波出国讲学。他挑选了局中最精悍的6名警员，组成由他指挥的“01号特大案侦破组”。他们悄悄租下寰球公寓603号套室，作为行动中心。一周来，他们全力调查分析所有案情，掌握证据。由于有胡作昌的揭发，有软皮手册的记载，还有金撷英搜录的资料，几个案子的来龙去脉和陶辛斋的犯罪事实已搞得一清二楚。胡作昌来过几次电话，自李海波出国后还未发现陶辛斋选定新的攻击对象，也没有再怀疑他。这一切使郑鄂昆放下心来。现在到了要拘捕这个劫掠人脑的江洋大盗的时候了。郑鄂昆决定周四晚上在行动中心开一次秘密会议，商定具体执行方案，并通知胡作昌和金撷英也参加。

会议在密室中举行。侦破组副组长厉如剑把陶辛斋所有犯罪事实作了扼要综述。几个人都不声不响地听着。厉组长说完后问大家有什么补充或问题。这带来几分钟的冷场。倒是侦察员小王皱皱眉头说:“这真是从未有过的怪案。我真不懂,陶辛斋已经是著名科学家,功成名就了,为什么还要不断掠夺别人头脑中的知识并毁了别人呢?他变成了无所不知的全能科学家又为了什么呢?他的作案动机究竟是什么?难道他也是个半疯或精神病患者吗?”

“他并不傻,”金撷英大夫开了口,“他和世界上许多贪婪的人一样,他们生活的目的只有一个,掠取更多的财富。巧取豪夺,永不满足,为了达到目的,杀人害人从不皱眉。小张,你看看那些亿万富豪,财产上了千万又追求上亿,上了亿又追求十亿、百亿、万亿,几时有停手的时候?若论个人消费享受,一亿财富和一万亿财富又有什么区别呢。人们对这种现象都熟视无睹,并不认为这些人是疯子。陶辛斋也一样,只是他掠夺的不是金钱,而是另一种财富,人脑中的精神财富,他也永远不会满足的。”

“我认为他还有更大的追求,”郑鄂昆补充说,“他可能有极大的政治野心,他要成为世界上最先知先觉、全知全觉的超人。在所有领导人中没有其他人能和他并驾齐驱,他在掠夺科学技术方面的知识后,还会进而掠取政治、经济、法律等等社会科学的知识,然后他会建立一股以他为中心、拥有无数崇拜他的人的政治力量,最后夺取权力,当上人类有史以来的真正的‘千古一帝’,建立他的陶氏皇朝。威尔斯笔下的那位科学家格里芬自从发现了隐身术后,不是也想建立起隐身王朝,由他当隐身一世吗?一个人的野心和占有欲无限膨胀后,最终都会走上自我毁灭的绝路。对于一个天才科学家来讲,走上此路尤其危险。”

由犯罪动机引起的人生哲学讨论告一段落后,大家开始商讨逮捕陶辛斋的具体方案。半小时后,大家同意在星期六下午行动。按常规陶辛斋在这个时候总在他的书房中休息。具体拘捕任务由厉队长、老张、小王和小陆 4 人负责,另派若干警员包围陶宅前后门以防漏网。事前先找陶宅的保姆说明情况,命令她配合警方行动,由她打开后门和书房门,执行人员进门后由厉队长宣布逮捕令，老张、小王迅速上前铐住陶的双手，卸下他的头盔，小陆执枪在后接应。还对许多细节和可能出现的意外作了研究安排，行动计划似乎完美无缺。

“作昌同志，你对我们的执行计划有意见吗？”郑鄂昆发现胡作昌一直在闷头吸烟，未开过口，便点名征求意见。

“我认为你们讨论的计划是不可行的，照这样去做，必败无疑。”胡作昌抛掉烟蒂，断然地说。

“不可行？为什么？陶辛斋虽然阴险狡猾，他的体力却很差。我们出其不意拘捕他，他是难以抗拒的。厉队长和老张都单身擒过穷凶极恶的江洋大盗，身手不凡，也许你还不清楚……”

胡作昌打断了局长的话：“如果是拘捕一个普通的盗贼，你们哪怕只使用一半力量也够了。但你们要用常规方式拘捕陶辛斋，肯定不行。我可以作个预测：在你们闯进他的书房并宣布逮捕令时，还来不及动手，就会有几股看不见的射线射向你们的头部。你们马上会丧失记忆，忘掉此行的任务，也许还会因误闯科学家的书房而向他道歉。他可能会友好地招待你们喝杯咖啡，礼貌地送你们出门，然后他就远走高飞，进行更可怕的犯罪活动。”

被胡博士提醒后，大家发现采用常规逮捕手段确实不成，只得再考虑其他措施。有人主张一进门就发射麻醉弹，有人主张先枪击头盔，有人主张命令保姆在饮料中下安眠剂……但一再分析，都有不妥或风险。特别胡作昌提醒大家，这位“千古一帝”现在已用高技术对自己的安全作了周密防范，更觉得十分棘手。最后还是由胡作昌提出一个釜底抽薪的办法。他说：

“这事我想过多少次了。问题的关键是要使他的头盔失效。现在他终日盔不离头，也是防备别人乘隙下手。但是，要保持头盔在线工作状态，并实现ITR，需要相当大的能源。他的头盔中装有很强的蓄电池，但也只能维持24小时。我细致窥测过，他每天下午6点整都要给头盔充电，是利用室内的交流电做电源的。我们如果得到供电局的协助，在陶家的输入线上接一个可调变压器，乘他在充电时突然将电压升高3倍，那660伏的电压一定能烧毁头盔中的元件，你们在同时突然闯入，就可以制服他了。当然这一来可能烧毁一些设备，甚或引起火灾，只要事先有备，估计不会出大事的。”

大家一致赞同这个方法。郑局长签发了拘捕证和搜查证，并负责找供电局，要求配合行动，解决升压措施。其余人员也分了工，立刻作相应准备。在会议结束时，胡作昌又提出一个要求，他恳切地说：

“郑局长，还有一件事务须注意。你们在拘捕他时，在任何情况下都不能伤害他的生命。要捉活的，也要严防他自杀，因为，现在许多最尖端最先进的科技知识都集中在他脑子中了。他一死，这些信息就消失了，那将是极大的损失。我们必须抓活的，我们要从他的脑中提取出这些知识，归还给原主，讨回公平，然后你们再审判他吧。”

在得到郑局长的首肯后，胡作昌才放下了心。会议结束了，他吁了一口气从阳台上爬回自己的寓所。可是，当他推开自己的客厅门，打开电灯时，吃惊地看到陶辛斋正坐在沙发上，用一对阴沉的眼睛盯着他。

全部冲零

第二天下午，侦破组所有人员突然接到郑局长的紧急召唤，要求立刻集中到他办公室去，有突发情况。

“同志们，情况有了新变化，胡作昌博士和我的联系忽然中断。我估计陶辛斋可能已发现他的举报活动，作昌同志已遭到不幸。因此，拘捕罪犯的行动必须提前到今天6时执行，供电局已同意配合我们行动，正在输电线上装设升压器。这位就是供电局的施局长。”

“郑局长，罪犯太可恨了，我们必须制服他，为民除害，为胡博士报仇！”小张愤怒得咬牙切齿，“局长，我知道所有电气设备在设计中都留有较大的安全度。胡博士让我们把电压升高3倍，万一那头盔仍能短时间承受，那

不就糟糕了。局长，一不做，二不休，干脆我们把电压升高10倍，到2200伏，务求烧毁头盔。其后果，无非可能引起暗线失火罢了，反正我们已调集了消防力量和设备了。”

小张的建议得到全体组员的赞成，大家认为对付这名凶恶的罪犯，安全度确应提高一些，以免留下后患。郑局长犹豫了一下，向施局长俯耳说了几句话，施局长爽快地连声答应：“行，今天下午6时整，我们把进入陶宅的线路电压提高到2200伏，但一切后果要你们负责。”

关键时刻终于来到，陶宅前后都被便衣警员包围。郑局长亲自出动，率领组员直扑陶宅。在保姆的配合下，顺利进入大门，直达书房门口。郑局长一看手表，示意保姆开门。她按了一下门铃：“先生，咖啡送来了。”

“我不要喝咖啡，谁叫你来的，回去！”房内传出陶辛斋的咆哮声。这时，保姆已打开房门，众人一拥而入，发现陶辛斋果然戴着头盔，躺在安乐椅上充电。

“你们来干啥？”陶辛斋一跃而起，双方还来不及行动，只见头盔上突然发出闪光，烟雾弥漫，房间中的电灯也顿时熄灭，警员们奋不顾身扑上前去，铐上陶辛斋的双手，卸下他的头盔。郑局长这才宣读逮捕令，并厉声喝道：“陶辛斋，你恶贯满盈，将接受人民的审判，自食恶果。同志们，把陶犯押上警车。老张和小王留在这里搜查。”

失去头盔的陶辛斋像一条打断了脊梁骨的狗，垂下了头，一语不发，踉踉跄跄地被拖下楼去。一名最阴险可怕的大盗就这样落入法网。

“鄂昆，你已经两天没有好好吃饭了。今天我烧了几个你最爱吃的菜，好好吃顿饭吧。陶辛斋已被捕服罪，我们的科技权威、大师们的安全已有了保障，你立了大功，应该高兴才是啊。”金撷英又一次劝慰丈夫。

“唉，撷英，我犯了错误、严重的错误！是的，陶辛斋已被捕，他再也不能害人了，他将在铁牢中度过后半生。但是，我们已损失了11位最优秀的科技天才，包括最后被他伤害的胡作昌博士。他们的智慧和经验全消失了，人也变成了白痴或半白痴，这是不可弥补的损失啊。”

“鄂昆，我正想问问你，陶辛斋怎么会怀疑胡作昌而对他下毒手的？你又是怎么察觉的？”

“前天上午我想和作昌通话，要问他关于‘电压’的事，但对话机中传来傻乎乎语无伦次的声音。我马上察觉到他已出事，火速赶到他家。他已躺在床上，丧失记忆了，但一只右手始终插在西装口袋里，不肯伸出来，我查问了他的保姆——她已吓得全身发抖了。据保姆说，星期四晚上陶辛斋来看博士，保姆告诉他说博士不在家，开会去了。陶辛斋就坐在客厅中等，因为陶是博士的老师，又是常常来往的，保姆也没有在意。后来她又听见两人有过长时间的争吵，陶是在12点时气愤愤走的。第二天早晨保姆就发现胡博士失去常态了。

“我分析，陶辛斋的警惕性很高，他早就发觉胡作昌对他并不同心同德，但他还想利用他，收买他，让他成为陶氏帝国的一名忠诚臣仆。直到他们在李海波家门口相遇、不久李又出国后，才引起他的强烈怀疑和跟踪。那天晚上，陶发现胡作昌从阳台上爬回来，可能联想到本来关闭的603室突然有人居住，就肯定胡作昌在背着他搞阴谋，他大概以破坏胡作昌的全部脑功能为威胁，要胡招供出一切内情。

“不要看胡作昌平时胆小畏事，实质上他是个有见识和坚强的人。在关键时候，他和陶辛斋进行了斗智。估计他一定设法和陶谈判、纠缠，保姆不是说他们争吵很久吗？胡作昌利用这机会，把手插在衣袋里，暗地里用衣袋中的小本和铅笔涂写了几个字，这是他留给我最后的信息，我是在他口袋中找到的。”

郑鄂昆拿出一张从记事小本中撕下的纸给金撷英看，上面有几个歪斜模糊的铅笔字：“未泄密，速按原计划执行。”撷英看了不禁黯然神伤。

胡作昌显然在最后断然拒绝了陶辛斋的威胁利诱，不曾透露任何机密。狂怒中的陶辛斋就残忍地破坏了他的所有脑神经元，使他成了一个彻底的白痴。“唉，我对陶辛斋的警惕性估计不足，对胡作昌的保护不力，也不应过早送李海波出国，以致酿成大错，断送了一位好同志，我真该死。”鄂昆狠狠地捶打自己的额角。

“我的第二个错误就是不该同意大家的建议，无根据地把电压提高10倍——其实我自己也想这么做。但我忘了胡作昌是权威专家，他要求把电压升高3倍，必然是深思熟虑后确定的。这一定是一个既能破坏头盔中的元件、又不致影响陶辛斋脑神经元的最优数值。我们无端把电压加到10倍，头盔固然烧毁了，进入脑中的强大电流同时也把所有神经元中的信息都破坏了。用他们的术语来讲，所有存储单元全部‘冲零’或者整个大脑‘格式化’了。陶辛斋就变成和胡作昌一样的全白痴。这也许是天理循环报应。现在辩护律师还据此要求释放他呢，理由是不能对一个白痴判刑，正像不能对一个死人判刑，不论他以前犯过多大的罪。

“其实，对陶辛斋判不判刑已不重要，也没有意义了。他是个没有任何思想的大白痴。但我们已无法从他的头脑中提取出他所掠夺来的精神财富，归还给原主，影响了科技的发展。我们虽然活捉了他，但只捉住了一个躯体，毁灭了他的精神！唉，我将永远为我的疏忽失职抱憾终生！”

“鄂昆，不要这样说。罪犯的活动和我们的失误，可能给人类文明发展过程带来些波折，但绝对影响不了历史滚滚前进的步伐。‘长江后浪推前浪，尘世新人换旧人’，‘江山代有才人出，各领风骚五百年’，这是不可改变的历史规律，你愁些什么？”撷英温柔地劝慰着他，并顺手递过几张报纸给他，“你瞧，到处都是喜讯、捷报，我国的前途是越来越光明的。”

鄂昆没精打采地取过报纸来看，但他马上就被吸引住了。在一张科技报纸上，用粗体字刊载着一则新闻，标题是“我国青年数学家树立奇勋，解决了希尔伯特留下的全部难题”，而在另一张“体坛快讯”上则用1号字登着：“我国围棋怪杰18岁的小将再获国际棋王称号。”郑鄂昆细细读完两则消息后，面上出现了欢慰的笑容。他站起身来伸了一个懒腰：

“撷英，你说得对！现在我有些饿了，我们找小波一同去吃你准备的团圆饭吧。”

高科技杀手

离奇的命案

侦缉队队长厉如剑一动不动地坐在圈椅中沉思着，两道剑眉几乎绞成一个结。几天前发生的翠湖公寓命案耗尽了他的脑汁。他后来承认说这是他工作30年以来所遇到的最不可思议的谋杀案。

被害人是名震全球的权威科学家陆传仁院士。在生命化学的领域中，他和夫人吴格菲博士以及他领导的研究小组曾多次做出突破性贡献，获得过许多国际大奖，是"国宝"级专家。最近几年，他正在负责国家203号专题"人工生命"的攻关研究，面临最后突破阶段。在这个关键时刻他突然暴毙，不仅是中国的巨大损失，也是全世界生命化学界无法弥补的损失。

厉队长干咳了一声，闭上眼睛，把这些天来发生的事情重新归纳，在脑子中"过电影"，想从中理出点头绪来。

事件发生在12月27日，这一天是"人工生命"专题第75次实验成果揭晓的日子。陆院士、吴博士和4位助手信心十足地围坐在实验台旁。但结果令人遗憾，这次实验又彻底失败了。下午，大家开会研究失败的原因。细心的吴博士发现丈夫的面色发红，伸手一摸，正在发烧呢，就对丈夫说：

"传仁，你有热度，还是回家休息一下。实验又失败了，你别焦急，多一

次失败正说明我们离成功又近了一步。我会组织大家分析讨论的。小王，请你送他回家去吧。”

院士向妻子投去感激的一瞥。他确实感到身体有些支撑不住，顺从地在小王陪同下坐车回家了。临走前还向大家打招呼：“你们也放松一下吧。文武之道，一张一弛。轻松轻松，也许问题会解决得更快。”据大家回忆，这时是2点整。

2点20分，院士回到家里——翠湖别墅5幢201号。家中的小保姆灵芝和炊事员大李见到院士带病回来吃了一惊，忙扶他到房里卧床休息。小王等院士睡下就回研究所了，发现吴博士和助手们正在“轻松”——打牌呢。

2点35分，灵芝热了一杯水果奶送进房去。院士却已从床上下来，又坐在小写字台前奋笔疾书。灵芝焦急地对院士说：“先生，您生着病呢，不能这么拼命干。夫人知道了还会怪我服侍不周的。”灵芝放下奶杯，扶院士上床，院士和蔼地拍拍她的肩膀说：

“小灵芝，多谢你，我不要紧的。今天的实验又失败了，我一直想不出其中原因，所以头痛脑涨。方才在床上突然想出了问题的症结——灵感来了嘛。我必须抓住这稍纵即逝的灵感，赶紧把它写下来，这太重要了。我现在头一点也不痛，更没有什么热度，你摸摸！”院士拉着灵芝的小手往额上贴：“怎么样，我没事吧，灵芝，对不起，我要赶你走了。你不必再进来看我。我写完或者有事时会按铃呼你的。”院士说完就把灵芝推了出去。

院士是位极其可亲的人，毫无“国宝”的架子。他对待保姆和炊事员也像亲人一样。但他的命令又是不容违背的，灵芝只好退出房间。院士立刻碰上门，把自己锁在房内，还亮出不让打扰的红灯。这时是2点40分，也是人们最后一次看到活着的院士。

红灯一直亮着，灵芝和大李不敢惊动他。灵芝为他熨着西装，大李在厨房准备晚餐。直到时钟敲4点时，呼叫板上响起铃声，灵芝一看，是院士要一杯咖啡——这是院士传给她的最后一个信息。灵芝急忙热了一杯咖啡——约需3分钟，送进房去，但房门在里面上了锁链，灵芝只好叫：

"先生，您要的咖啡来了，请开门。"

但是寂无回音。灵芝放大喉咙喊了几次后，感到情况有异，慌忙回厨房去叫大李，两人又推又敲，仍无反应。最后大李取来一柄大锤，敲断了锁链才进入房内，院士仰躺在转椅上，眼睁得很大，十分可怕，全身皮肤发黑，早已死亡。这是4点10分的事。两个人被吓得面无血色，赶快报警并通知还在研究所的吴博士。人们在4点25分左右先后赶到。

"在4点到4点3分之间，院士突然暴毙。在这3分钟内，究竟发生了什么事？"厉队长用拳头敲打着太阳穴，他开始追想他赶到翠湖公寓后的情况。

密封的房间

翠湖公寓是国家为有重大贡献的科学家专门修建的高级公寓。院士占了2层楼的一半。这里有一间特大的会客室，两间大工作室兼卧室，还有不少辅助房间。

厉队长和助手小毛是在报案后首先赶到现场的。5分钟后吴博士和几位助手也匆忙赶到。厉队长在全身颤抖着的灵芝带领下进入院士的房间。他曾经到院士家访问过几次，因此对这里的情况相当熟悉。这间住室在会客室的西侧，只有一扇门与会客室相通。这间南北向的房间，与其说是卧室，不如说是院士的第二办公室。房间南端是封闭阳台，养些花草，靠北墙放张床，床前顺放着一张小写字台和一把转椅。西边套有个卫生间，此外就是沿墙壁放着的书柜、书架子。院士是个工作迷，他从办公室回来后往往仍然坐在转椅里伏案工作。转椅后面的书柜中放着最常用的一些工具书和国际学术组织送给他的纪念品与奖牌，只要一转身就可伸手取得。工作倦了，他可以就近躺在床上休息——有时就沉沉睡去。反之，在床上的他如灵感来到或“偶有所得”，他就会一跃而起，伏案工作。院士的这种生活习惯已经为人熟知了。

厉队长走进房间后，先闻到一种类似松香点燃后的香味，接着就看到仰躺在转椅上的院士。转椅的方向并不面对写字台而是转了90°，面对阳台。院士的头微向后仰，脸上充满惊讶、恐惧和痛苦的表情，非常可怕。写字台上还铺着翻开的笔记本和一支圆珠笔。他全身已僵硬，皮肤出现青黑色，显然是中了剧毒后迅速死亡的。厉队长仔细地检查了房间内的一切。这间房只有一扇通向会客室的门，所有的窗都是关闭着的。由于时值严冬，灵芝还买了最新生产的“空调带”把窗户严密封了起来。这种“空调带”能防止冷风和灰尘进入室内，又能将室内的空气缓缓排出，保持室内清新。凶手要越窗而入又不弄破空调带是不可思议的。无怪小毛搔搔头皮说：“一个人除非化成空气才能从通风孔中进入房间！”

房内没有发现陌生人留下的指纹、脚印、烟蒂等任何痕迹和线索。厉队长和小毛将每个角落进行一次又一次的检查，毫无所获。唯一的例外是在转椅后的地板上留着一小滴硬化得像是塑料漆一般的东西。厉队长小心翼翼地用小刀刮取少许送去化验。结论是一种强力粘结剂，好像是院士在粘补什么东西时滴落在地板上的。

另外一个收获是在写字桌的抽斗中发现一些用过的针筒，里面还有残剩的药水，经化验是胰岛素。据灵芝说，院士夫妇都患有糖尿病，不时需注射胰岛素。细心的厉队长在检查针筒时还发现针筒的底部似乎比普通针筒要厚一些，中间还有个小凸起点，像子弹底部的底火。

院士的遗体被抬放在担架上，将送请法医检验。厉队长作了简单的观察，皮肤出现青黑色，后颈处有一小块圆形处的颜色稍深一些，似乎被一个圆形的钝器击了一下，但没有发现凶器，皮肤上也未见针眼。厉队长凭经验估计院士是服下或被注射了一种毒剂致死的。他的判断没有错。一天后送来的检验报告证实院士是被一种含有氰化钾的毒剂毒死的。

检查结束了，厉队长和小毛都深感失望，毫无线索！他们请灵芝和大李重述一遍发案经过。吴博士承受意外打击、目睹丈夫惨死形象，几乎已半昏迷了，一直呆立在写字桌旁，直到她听到灵芝说院士曾伏案写下他对实验失败的看法时，两目忽然放射出炯炯光芒。她走近一步，伸手取过院士留下的笔记本，仔细阅读起来。半晌，她抬起头来坚定地说：

“厉队长，我丈夫遭到谋杀身亡，我相信你们一定能迅速破案，抓住凶手，以申国法。他在临死前发现了人工生命工程几次实验失败的关键问题，而且把它记述下来。这对攻克长期以来困扰科学界的难题有重大意义。请允许我现在立刻回实验室，进行第76次实验，完成院士的最后心愿。在破案上，你们需要我提供什么情况，办什么事，请电话通知，我一定全力配合。”在征得厉队长同意后，吴博士手执笔记本，走到院士遗体前跪了下来。喃喃地说：“传仁，你安息吧，我们会马上按照你的指点再进行实验，一定会攻克这个难关。你的被害沉冤，也一定会得到昭雪。”然后就带着几位助手匆匆地走了。

厉队长把这一切“过了电影”后，又作了分析：“第一，院士不可能被外面闯入的人谋杀，因为任何人不能躲开灵芝和大李的眼睛闯门而入，而其他窗户也都密封完整，无路可进。第二，院士不可能被事先躲在房内的人所害，因为房间内一览无遗，没有可藏身之处，再说凶犯得手后又如何飞出这间密封的房间呢。第三，院士也不可能自杀，不仅他正处于攻关的关键时刻，而且从死后的面容看也可否定这一设想。那么院士又是怎么被害的呢？……除非是灵芝和大李串通说谎，共同下手谋害院士。但厉队长马上又放弃了这种推测。因为不但他无法相信那天真可爱的小灵芝和忠诚朴实的大李会是共谋的凶犯，而且同样也无法解释他们杀人后又怎么跑出房间而使房门上的链条自动挂上。厉队长百思不得其解。接着，他脑中又浮出几个难解之谜：走进房间时闻到的松香味是哪里来的？难道是毒气杀人？但他吸入后并无不良反应，倒是感到精神清新哩。地板上的一些黏胶状物质是什么？与凶案有无关系？院士后颈中一块圆形的痕迹意味着什么？最后，抽斗中的针筒与凶案有无联系？……厉队长越想越糊涂，最后，这位精明的侦破能手不禁以手捶头:“太离奇了,谁能给我解开这把锁的钥匙?谁能给我以启示,哪怕一点点也好!”

教授参战

郑局长带了一位高个子的中年人走了进来。“老厉,案情有什么进展啊?来,我来给你介绍一下,这位是协和化工学院的金心杰教授。他和陆院士、吴博士都是同学,而且是院士的好朋友,都是我国的著名化学专家。他在报上看到陆院士遇害的消息,十分惊骇和悲痛,很关注我们的侦破工作,几次打电话来要求参与侦查。今天又专程从郊区进城,到局里来请战。对他的热情我们很感动。破案本来就要依靠群众和专家嘛,所以我带他来和你见见面,看看这位专家对你们的工作能有什么帮助。金教授,这是厉如剑队长,他负责院士被害一案的侦破工作。”

两人热情地握了手。“金教授,我听陆院士提起过你,可以说是久闻盛名。你能主动来协助我们,真不胜感谢。不知你对这件案子有什么想法?”

“厉队长,我也经常从报道中知道你的先进事迹,心仪已久。我和传仁从小学起就是同学,是最知己的朋友,可以说是亲如手足。在大学里又读同一专业,成为志同道合的战友。虽然后来我转搞材料化学,到协和教书了;他结婚后转到研究所工作,不能像过去那样朝夕相处,但仍是亲密无间的。有一些研究项目,实际上是合作进行的。对他的暴死,一开始我无法相信,后来是无比的悲痛,最后细读了报纸上的报道又产生了深深的怀疑。我敢断言,传仁绝不是得病暴卒或是厌世自杀,这是一件利用高科技实现的谋杀案。要侦破此案,除要依靠你们的努力外,还须以高科技对高科技。我愿意把我知道的情况和所掌握的一切知识无条件地贡献给你们,务必查明真相,缉拿凶手,以慰老友亡灵于地下。我希望能先去凶杀现场看一看。”

郑局长和厉队长商议了一下,决定聘请金教授为技术顾问,而且带了

几位助手陪金教授再次去院士家进行侦查。金教授带来一台摄像机、放大镜和一些不知名的仪表进入院士卧室。他跪在地板上，东看西望，就像当年的福尔摩斯。他查得很细，与厉队长不同的是，他并不全面搜索房间，而是依靠仪表，胸有成竹地只对一些他感兴趣的地方搜查。

此刻，他蹲在地下，正在研究溅落在地板上的塑料漆，并用小刀刮取了一些放在手掌中辨认，喃喃自语："这是GN型高分子强力胶呀，你们检查时注意到了吗？"

"教授，我们也注意到这点漆痕。后来，我们发现是院士用来修补那只瓷熊猫的嘴的。"小王让金教授注意放在玻璃柜顶格上的一只礼品熊猫。金教授拉开柜门，取下熊猫，在熊猫张开的嘴角处有条细缝，嘴的里面果然也留下一些胶痕。教授点点头："你们的工作很细致呀！"

"教授，"厉队长开了口，"发案后我是最先进来的，当时闻到一种松香似的气味，是不是这种胶水散发出来的？"

"不会，"金心杰回答得干脆利索，"GN型胶在固化时决不会散发出松香气味，那应该是WR型。再说，强力胶凝固时间极快，用不了多久就根本闻不到气味了。"他把熊猫放回柜中，并仔细端详它的位置："厉队长，你能否尽可能正确地把熊猫放在你第一次看到它的位置上？"

队长把熊猫的位置搬动了一会："我想，大概就是这个位置，差不到哪里去。教授，你这是干什么？"

教授动了动嘴唇，但没有出声。他把玻璃门左右拉动："这玻璃门下面装着滚珠，边上还用不锈钢边框镶上，真灵活和考究呀。啊！这是什么？"他摸摸门框的4只角，发现各装有一块小钢块。他摸弄良久："这是些电磁铁，又是做什么用的呢？"教授陷入沉思中。半晌，他指着办公台的抽屉问："你们找到了用剩的强力胶吗？"

"我们对这张台子已进行过详细检查，没有发现用剩的胶水和其他可疑物，只在左面抽屉中有一些针筒。据灵芝讲，是院士自己注射药水用的。"

"针筒？"教授精神陡增，立刻拉开抽屉。果然，抽屉中放着几只纸盒，最上一只已拆开，里面排放着一支支密封的针筒，还有些使用过的针筒，杂乱地丢在旁边。教授小心翼翼拿起一个观察："这针筒很奇特，也是高分子材料，大约是 WR 型的。它没有金属针尖，只有一个很细的喷嘴。哦，尾部是个活塞。"教授把活塞拔下："这里还有个小小凸起点，像个按钮。厉队长，你能把灵芝叫来吗？我想问她几句话。"

灵芝应命而来，她看到教授怔了一下，把脸转到别处。厉队长拍拍她的肩："灵芝，这是金教授，帮助我们侦查的，他有些话要问你，你如实回答吧！"

"我认识他。"灵芝不耐烦地说。

"对呀，我是院士家的常客呀。灵芝，我问你，这些针筒做什么用的？"

"院士打针用的，他患糖尿病，时常要注射。"灵芝冷冷地回答。

"他不请护士打吗？"

"原来由护士打。我来了后院士让我学会注射，改由我打。但院士还嫌麻烦，就自己研究发明了这种针筒，只要把药水灌进筒里，推上活塞，再在后面一按，药水就喷在皮肤上自己渗透进去了。院士就不再叫我打了。他还说过，要推广这种注射器呢。"

"院士有没有叫其他人用这种针筒为他注射过？譬如说，让吴博士给他来一下。"

"没有！你问这个是什么意思？"灵芝厉声回答，口气中含着敌意。厉队长忙解围似的拿过针筒观察，并问道："灵芝，你说这针筒是院士发明的，可他在什么地方制造的呢？这上面也没有注明厂家，你看到谁送过针筒来吗？"

"我没看到，每隔个把月，院士就弄回一批针筒放在抽斗中用。用过的也不让我扔掉，说是要送回去再生的。"灵芝低声回答。

金教授征得队长同意，取了两支针筒放进提包中带回去研究。然后他坐上转椅："院士是死在这张转椅上的吗？"

"是的，但他是朝向阳台的，"小王回答，而且把转椅旋了 90°，"对了，就是这个姿势。"金教授沉默了一下，回头向后望，那是靠墙放的院士的卧床。

他摇摇头，显然也觉得凶手不可能躲在那里。接着他又站了起来，琢磨起转椅来。“这是华都牌转椅，质量不错，”他把椅子转了一圈，“非常灵活，啊，这把转椅还经过改造呀，你们看。”他把椅子掀起一些，让大家看脚架与椅身的联接承座。他又发现承座中有个电池匣，打开匣子，内装着两块方形电池。金教授取出电池看了一下又放回匣中，点点头说：“我知道了。”

教授把转椅转回到面向写字台，坐进椅中，默默沉思，眼光向各处扫射，最后停在挂在对面墙上的空调器上。他走了过去，伸头观看：“这是雪山牌双用空调器，啊，这空调器旁还添装着一只小盒子呢，这是什么东西？”教授端来小几，又借了螺丝刀，亲自爬了上去。不久，他把那只“黑盒子”卸了下来：“灵芝，这东西做什么用的？是什么时候装上去的？”

“不知道！我来工作时空调器就是这个样子的。你做教授的都不知道干什么用，我做保姆的还能知道？真是笑话。”灵芝不高兴地回答。

“教授，你能看清这是什么仪表吗？”厉队长低声问。

金教授把黑盒子颠来倒去察看：“这是个很复杂的设备，好像是台微型摄像和发射—接收机，简直是个小电视台。我想这东西对案情一定有重要影响。”

最后，金教授看了一下从陆院士身上取下的遗物。他一眼看中一只电子表，取在手中反复拨弄。最后他要求把“黑盒子”和手表带回去研究，并要求能让他随时来这里勘查，他附耳对厉队长说：“请你们支持我一下，那个小丫头好像对我很不欢迎。”厉队长沉吟一下，决定把黑盒子和手表带回局里，金教授可以随时去研究，并通知守卫人员，金教授需要再来勘查时，尽量予以配合。

“教授，”在回去的路上，小王悄悄地问他，“你今天发现什么线索吗？你对案子有什么看法？”

“线索不少，现在我更断定这是一件利用高科技的谋杀案。我需要开动脑筋把这些线索串联起来，形成一个完整的框架，凶手就将显出原形了，你们等我的消息吧。”

“太好了，你看要多久可以有突破呢？”

“不会太久的，估计有一星期就够了。”

小王用钦佩的眼光望着教授，他不大相信教授能在一星期内破案。可是仅仅过了6天，教授就打电话来，称案情已基本大白，要求警方配合他采取行动。

凶杀过程的重现

一星期后，郑局长、厉队长和金教授叩开研究室的门。正在忙于做实验的吴博士放下手中的试管，迎接客人们坐下，用充满期望的眼光看着他们。

“谢谢你们来看我，案情有眉目吗？我能提供点什么帮助吗？”

“格菲，你能帮助我们的地方多着呢，譬如说，如果你能告诉我们，你是从哪里弄到的毒药，我们就感激不尽。”金教授冷冷地说。

“你在说什么？什么毒药？”吴博士仿佛当头挨了一闷棍。

“就是你用来射杀你丈夫的毒药啰！”金教授盯住吴博士说，口气是既坚定又尖刻。

“我没有时间和你们开这种玩笑！”吴博士愤然从沙发中站起，“对于一个失去丈夫的女子，你们这样做，不觉得可耻吗？”

“金教授，你是不是弄错了，吴博士她……”被弄得莫名其妙的郑局长想打断金教授的询问，但被金教授挡了回去：

“郑局长，在来的路上我们讲定的，今天先让我质询，说错了我负全责。我问完话再由你们作判断。我今天要揭开一件离奇的凶杀案，这是一件利用高科技杀人的案子，用通常办案的原则和办法是不灵的，必须以高科技对高科技，把罪犯的画皮一层一层剥下来才行。”

郑局长向厉队长投去征询意见的目光，厉队长冷静地说：“我看不妨让金教授问下去。格菲同志，请千万别激动，身正不怕影子歪，如果教授搞错了,他自然会向你道歉的。”

吴博士转过身面对金教授,用拳头在桌面上一击:“好,我回答你的问题。我没有谋杀我的丈夫。大家都知道,我丈夫遇害时,我在实验室中和同事们打牌,当然更没有什么毒药了。我奇怪你脑子中怎么会转出这种念头,你患了精神分裂症吗?”

“很好,”金教授取出一支香烟点燃,悠然自得,“你不在现场,而且有很多人可以证明,这是你的最大王牌。我再问一个问题,据我调查,你那天在打牌时不断看手表,还不时调整时间。这是为什么?你那天戴的就是这只表吧,能借我看一下吗?”金教授用手指指着吴博士的手腕。

吴博士气得满面喷火,想要说什么,厉队长阻止了她,温和地说:“吴博士,教授要看你的表,就给他看看吧。”吴博士愤然把表卸下,扔在台上。教授拿过表看了一下,转交给郑局长:“你们看见过这种型号的表吗?”

这表和陆院士遗下的表一模一样,的确是只奇异的表,表盘上没有指针,只有两个荧光点在跳动,显示时间。表的周边还有许多按钮。金教授笑了一笑,取回了表,解释说:“这是台灵敏度极高的电视信号接收和发射机。”他按动一个钮,表面上的荧光点消失了,变成个小屏幕,屏幕上显示出实验室内情况,几个人的身影清晰可辨。教授按动另一个钮,屏幕上又显现出院士卧室的镜头,使大家猛吃一惊的是:院士竟坐在转椅上,以手托颌,似在沉思着问题。

“请不要惊讶,”金教授平静地说:“转椅上是一座蜡像,我昨天刚请蜡像馆做好装上的。我想让你们看一看,凶手不在现场也是能杀人的。”

室内鸦雀无声,连暴怒中的吴博士也转过头来看着金教授:“不错,这手表是我丈夫特制的,我们各有一只,它可以当电视机用,我们在卧室和实验室中都装有摄像机和发射设备。我们需要随时了解情况。譬如说,我们在卧室里要知道实验室中某项长时间实验的情况时,可以从手表上进行观测。这事报告过广电管理局备了案,我们犯了什么法?”

“不犯法,不犯法,”金教授胸有成竹地说,“现在再请你们看看这手表的另外功能，”教授按动另外一侧的黑色小钮，大家看到卧室中的那把转椅缓缓转动起来。换一个按钮，书橱的玻璃门又慢慢地自动拉开。“吴博士，我在检查你们的卧室时，发现许多家具里有微型液压设备，而用这只手表可以推动它们，这是为什么？”

“这也是我丈夫设计制造的小玩意儿。我们坐在转椅上，感到倦时，可以操纵这遥控开关让它自动旋转，要取参考书时也可让玻璃门自动打开，以免动手去拉，难道这也犯法吗？”

“不犯法、不犯法，”金教授像魔术师一样又摸出一只针筒，“这是我从你们卧室写字台抽斗中找到的一支注射用针筒，但好像特制的，请问这针筒又是做什么用的？”

“我和我丈夫经常要注射胰岛素。为了少惊动护理人员和不影响工作，他搞了这点小发明。”吴博士的喉咙有点暗哑，她取过针筒，指着筒底一颗突起的小按钮说，“只要在这里一按，药水就能以高速从针尖喷出，射在皮肤上，渗进微血管中，既方便，又无痛苦，我们正想贡献给医药界推广呢，你问这个干什么？”

“很好，现在请大家看看凶杀的过程吧。”金教授请大家仔细看住表面。屏幕中，院士正坐在转椅中沉思着问题。教授按动手表边上的钮，院士身后的书柜玻璃门缓缓地拉开了。在放大的屏幕上可以看清，柜子顶层搁有一只瓷制熊猫，熊猫嘴中插着一支针筒，金教授又摸了一下表边，针筒尖突然动了一下，似乎喷出了什么，而院士的后颈立刻湿了一块。接着，在教授的操作下，转椅旋转了90°，面向着阳台了。书柜的门也自动拉上复原，最后，熊猫嘴中的针筒神秘地自动消失了。

“这种针筒是用特殊的复合材料制成的，它在某种频率的电磁波作用下会解体升华成气体散发掉，不留痕迹，只留下些松香般的气味。”教授解释说，“现在院士遇害的情况就一清二楚了。凶手在熊猫嘴中插进这类针筒，里面装的是毒剂。凶手不在现场，但可利用手表看清院士的活动。当他发现院士坐在转椅上时机合适时，就启动遥控开关，拉开书柜门，触发针筒，喷出毒药。得手后旋转转椅，关上柜门，销毁针筒，清除了一切痕迹。

“现在回答最后一个问题：谁是凶手？他必须熟悉院士的活动规律，他必须拥有手表型的接收器和遥控器，他必须有极高明的化学知识，这个人在院士遇害时正在操纵手表。这样，我只能得到一个结论：凶手正是坐在你们面前的吴格菲女士。”

房间内死一般的沉寂。半晌，郑局长用干涩的声音说：

“吴博士，对于金教授方才的指控，你有什么话要讲吗？”

吴格菲的脸色从死灰色转成通红，她咬着牙，用手指点着金心杰：“金心杰，你真是一条毒蛇，我今天才彻底看透了你！”

“这话应该由我来说，你才是一条化成美女的毒蛇！我和你同学五年，接触已久，也是最近才看透了你。你是个有无限野心的女人，你梦想做当代最伟大的科学家，但你没有实力，所以嫁给院士，表面上你是他的妻子和助手，实际上你千方百计攫取他的成果，等你达到目的后，就悍然杀人灭口，我从来没有见到你这样恶毒和工于心计的女人，但是天网恢恢，今天我要剥下你的画皮，要为传仁讨回血债。”

“砰”的一声，吴格菲倒了下去，口角流出血液。“她昏过去了，可能是心脏病发作，快叫保健医生！”厉队长惊叫起来。

“这个女人的真面目暴露了。她可能采取自杀的手段来抗拒审判。郑局长，要严格看护，防止罪犯自杀！”金教授郑重地提出警告。

灵芝看见了复仇女神

灵芝捧着一束鲜花，提着一大篮水果和食品，吃力地走向特别病房，却被门口的警卫员小王拦住了。任凭她怎么恳求，小王也不肯让她入内。小姑娘又气又急又伤心，赖在地上哭了起来。小王为难地说：

“小妹妹，不是我不通情理，大夫关照的，绝对不许任何人进去。万一出了事，我实在担当不起。你要不相信，和领导直接去说。”

小王拿起话筒说了几句，话筒中立刻传来粗大的喉音：“什么，灵芝要进病房？那绝对不行。小王，你绝对不能让她进去，否则一切后果由你负责。”话筒中的声音如此之响，灵芝听得清清楚楚，她不由得又伤心地哭了起来。

厉队长似乎打了电话还不放心，从走廊上匆匆赶过来。他拉起灵芝，看见散落在地上的鲜花和水果，大为感动。他拍拍灵芝的肩，和蔼地说：“小灵芝，你的心眼真好。你对吴博士的心意我们能理解，但是她现在患着严重的心肌梗死和脑血栓症，稍受刺激就会发生意外，所以不能让你进去。这样吧，小王，你等会让护士把鲜花和水果送进去。小灵芝，你先到我房间里去坐坐，我本来有话要问你呢。”

厉队长把小姑娘带到走廊尽头的小房间里——他已在医院里搞了个临时工作室。他倒了一杯饮料让灵芝喝：“灵芝，你对吴博士的感情很深啊！”

灵芝听说，又抽泣起来：“我的命是她救的。实际上她还救了我全家。她和陆先生都是世界上最好的人，是我的重生父母。现在先生死了，博士病了，我怎能不伤心。”

厉队长点点头，这情况他也知道一些。灵芝是个安徽姑娘，由于父母患病，她来北京打工，又遭坏人哄骗，在绝望中动了轻生念头。是吴博士救起了她，留她在身边服务，还花钱治好了她父母的病。灵芝说博士是她的重生父母，并不过分。厉队长正在想着，灵芝张开含泪的眼睛：“厉队长，外面还谣传陆先生是吴博士杀害的，怎么可能有这样的事！你们为什么不辟谣？杀害陆先生的凶手抓到没有？”

“案情还在调查。灵芝，你不要急，好人绝不会受冤，坏人也绝逃不脱法网的。”

厉队长的答复显然不能使灵芝满意，她叫道：“吴博士怎么会杀丈夫，这样诬陷她简直是没有天理了，厉队长，你说说，你相信陆先生是吴博士杀害的吗？”

“这个嘛，吴博士是有些问题需要澄清，但我们没有说她就是凶犯，法律是讲究证据的。”

“我不管什么法律不法律，证据不证据。厉队长，你是常来我家的，我只问你，你认为吴博士是不是凶犯？”

厉队长觉得这个姑娘的问话比记者或律师的质问还难应付。他犹豫了半晌，看看灵芝那张发怒的小脸，不禁动情地回答：

“灵芝，作为办案人员，在结案以前我本来不应说什么的，可今天来个例外，我就跟你讲句心里话，我的看法和你一样，吴博士是位高尚、伟大和充满爱心的人，她绝不可能是凶犯。”

灵芝跳了起来，激动万分：“厉队长，你真是个包青天。那么凶手到底是谁呢？吴博士怎么会受冤枉的呢？快说呀！”

“当然有个真正的凶犯杀害了陆院士。我们的任务就是要揭露这个罪犯，把他绳之以法。我们已经下过两次网想要抓住他，但狡猾的敌人没有上钩。今天我们布置了第三次行动，兴许能成功。灵芝，你要是有兴趣，可以和我一块去看现场。但只能看，不能有一点声音。真凶一旦抓获，吴博士的冤枉就可洗清了。”

灵芝高兴极了，她兴冲冲地和厉队长吃了晚饭。8点钟左右，厉队长带她到特别病室右侧的一间小室中。这小室的墙上有一排窥视孔，坐在墙边可以从小孔里窥见病房中的情况。厉队长示意灵芝坐下，自己也坐在她旁边窥望。一会儿，又进来几位警员，向厉队长点点头，都坐下来窥探着。

病房中除了卧床吸着氧的吴博士外，还有两位陪同人员坐在沙发上。灵芝认得，一位是医院里的护士小周，另一位是经常到陆家来的金心杰。她最讨厌这个人了，总觉得他贼头狗脑，两只眼珠会不停地打转，不是个好东西。怪不得吴博士从不理睬他，就不知为什么陆先生喜欢和他混在一起。

小周在织着一件毛衣，金心杰则在翻阅一本资料。半晌，小周打了个呵欠：“已经好几天了，吴博士总是昏昏沉沉的。今天下午刚清醒一会，现在又睡熟了。金教授，你说她清醒后就可能畏罪自杀，所以要日夜严密守护。我有些不信，哪会有这种事，况且也没有定案。”

“小周，你年纪轻，还不懂事。吴格菲表面和气可亲，实际上心毒如蛇。这次下手谋害陆院士，自以为设计巧妙，无人能识破，偏偏被我揭发，铁证如山。她一旦恢复健康，就要公审判罪，使她身败名裂，最后伏法。她怎会甘心呢？所以我预计她一定要以自杀来逃脱审判的。”

“可是，即使要自杀，也得有手段呀。吴博士进院时就昏迷不醒，我们给她换过衣服，她身边连枚大头针都没有，怎么能自杀呢？何必日夜防守，弄得大家累死。”

“小周呀，吴格菲是个高级知识分子，脑袋十分复杂，又是研究化学的人，手段多得很哪。她身上可能藏着毒药，我们并不知道藏在哪里。你看过历史书吗？二次大战后，抓住了纳粹的2号头头戈林元帅，就在审判前自杀了，谁都不知道他把药放在什么地方。我们不得不提防。”

电话铃忽然响了，小周抓起话筒，说了几句。她回头向金教授说：“教授，有人在会客室等我，我出去一下，马上回来。现在吴博士睡得很熟，这里请你照顾一下。”

“好，”金教授懒懒地应了一句，“你要尽快回来，厉队长规定必须两个人同时值班的。”

小周出房后，灵芝发现厉队长取出一个小仪器按了一下。她又看到室内几个警员都取出手枪，紧张待命。从小孔中窥视，金教授仍坐着不动。约摸过了2分钟，他才丢下杂志，向四周看了看，站起身来，悄悄向病床走去。走到床边，又停了一下，突然揭开病人身上的床单，并伸出右手插了下去。

后面发生的事把灵芝吓了一大跳。她听到隔壁房中发出一声凄厉的叫声：“你要干啥！”床上的病人突然掀掉氧气面罩坐起身来，像一尊复仇的女神，双眼喷出怒火，双手紧紧抓住金心杰不放。她像吴博士，又不像吴博士。同时，从病房门口、衣柜里、卫生间和窗口突然冲进或跳进许多警员，抓住金心杰的头发和胳膊。金心杰拼命挣扎，又大声咒骂了几句，就不响了。

“得手了！”厉队长高兴地叫了起来，他打开房灯，拖着灵芝往外走。

厉队长的破案哲学

“厉队长，你是什么时候怀疑金心杰的，又是怎么知道吴博士是无辜的？”在案情分析和总结会上，小王不胜钦佩地问。

厉队长笑了一笑：“让我先回答你后面这个问题。老实说，从一开始我就不相信吴博士会是凶手，我认为她是清白无辜的。”

“看来你是服膺美国那套理论和原则的吧，没有落实证据以前，先相信嫌疑犯是无罪的，对吗？”

“那倒不是。对美国的那套法律体系和理论我并不欣赏。当然，和封建时代‘老爷升堂、大刑伺候’的做法相比，资产阶级建立起来的司法审判制度有进步意义，但远非完美无缺的。特别发展到今天，已经成为大律师们要嘴皮、钻空子、发大财、演闹剧的舞台了。罪行确切的凶犯，可以判为无罪，逍遥法外，而正直无辜的人们却可能被投入监狱，甚至送命。这和封建时代比，也好不了多少。

“对不起，我说远了。我认为现在我们实行的制度就要好得多。我们注重全面调查综合分析。不但要查清案件来龙去脉，取得各种证据，而且要对当事人作详细调查分析，查明他的历史、本质、作案动机、思想发展过程，再作综合结论。要做到这一点不容易，但我们有一套法宝，就是依靠广大群众和严密的社会组织。

“上级让我负责这个案件，具有特殊的有利条件。因为早年我在派出所工作时，就分管这一地区。后来组织上又让我负责陆院士的安全保卫，我成了他们的座上客，我对他们甚至对灵芝和大李都有深刻了解，这一点是罪犯所不知的。在长期相处中，我知道他们都是高尚的人，是一对恩爱

伴侣。为了使陆院士早日完成他的研究工作，吴格菲不仅是他得力助手，而且做出了巨大牺牲。陆院士常常感叹地说：我的每一份成绩，格菲都起到90%的作用，但她却不肯署一个名。这是多么高尚的风格，而金心杰竟说吴格菲为了个人野心，不惜谋杀丈夫，这简直是痴人说梦。金心杰开始把矛头指向吴格菲的一天，就是我开始怀疑他的一天，这不需要律师的辩护，也不需要取证。

“还有件更严峻的事。陆院士在去年已确诊患有胰腺癌，正在接受尖端技术治疗，吴格菲已经知道，只是没有让院士本人知道。吴格菲忍受了极大的悲痛，尽一切力量护理丈夫，让他能在最后的岁月里做出更多的贡献。金心杰不知这种情况，反而诬陷吴格菲为了自己成名，攫取院士的成果并最终杀害院士，这简直是满口喷蛆，荒唐万分，完全暴露了他的面目。

“当我对金心杰产生怀疑后，就深入思考和调查，我查明陆、金、吴三人是大学中的同学，都是‘尖子’，业务上金心杰甚至更拔尖些，但他的品德远不如陆和吴。吴格菲原也属意于金，但通过长期相处，察觉了金的缺点和陆的长处后就转而垂青于陆了。这对于傲慢的金来说，是不能接受的，他曾千方百计破坏吴和陆的感情，结果使吴进一步看穿他的本质，断绝了来往，并和陆结合了。另外，由于金过分把心力用在歪道上，使他在业务上也退步了。而陆、吴两人珠联璧合，取得极大的成就。金心杰在两条战线上都溃败了，他认为是他终生之辱，他发誓要复仇雪耻。

“金是个极工于心计的人，抱着君子报仇十年不晚的信条，精心设计了个罪恶的计划。在表面上，他装出与陆同心同德的样子，庆贺他的成就和幸福，骗取了善良的陆院士的信任，视他为挚友。在业务上，他退出生命化学的研究，转去搞材料研究，并以切磋为名经常来陆家做客。吴格菲虽一再劝阻陆院士不要与金来往，陆反而感到吴的心胸太窄，仍与金秘密合作，使金能够了解他们的情况，实现他的阴谋。

“陆院士每天记有详细的日记，我仔细读了有关的部分，这对我的破案有极大作用。我发现院士家中的微型摄像和发射机，手表式接收器，以及遥控设置都是金心杰提议而且主动免费安装的，理由是有利于研究和休息。陆院士感激地接受了，并瞒着吴格菲，推说是自己搞的，这实在是他的大错。

“其次，我在材料学报上查到金心杰的许多论文，包括他开发的新型高分子材料。这种材料的特点是经过一定时期或在某种射线的触发下，能自动崩解升华而消失，以免污染环境。具体配方尚属机密。金心杰在这方面不愧是专家和天才，可惜他把才华用到邪道上去了。所以那种能在触发下自动注射又会自动消失的针筒，也是金心杰制造和提供给陆院士使用的。他这名化学材料专家要配制一点极毒的毒剂，更是不在话下的。

“我在院士的日记中还查到：在发案前 4 天，金心杰曾秘密来到他家，和他就学术问题进行过长谈，而且金就住在附近的宾馆中，我在宾馆接待处查明金共住 5 天，在陆院士遇害后才悄悄离开。

“这样，事情就很明朗了。金心杰经过长期苦心策划，先取得陆院士的信任，义务为他们安装了摄像机、发射机、手表型接收和遥控器，又帮他们在转椅和柜门上安装了可遥控的启动设施。他一共制造了 3 具手表型接收和遥控器，自己留下 1 具，他还为院士提供自动喷药的针筒。一切准备就绪后，他带了一个装有毒液的针筒，到陆家来和院士长谈，利用院士暂时离开时，他拉开柜门，将装有毒剂的针筒塞进熊猫的嘴中并粘住。这是只要几秒钟就可完成的事，而且难为人所察觉。他离开陆家后，住在宾馆里，利用手表监视着院士的举动。一直等到第 4 天下午，院士从研究所回家休息，又坐在写字台前工作。金心杰发现时机已到，就启动遥控器，拉开柜门，触发熊猫嘴中的喷筒，毒液喷射在院士的颈上。院士中毒身亡后，他再按动遥控按钮，关闭柜门，让针筒自毁，还把转椅旋转了 90°，使院士的背部对着北面的卧床和墙壁。这样，即使有人怀疑院士是背部中毒而死，也只能怀疑凶手是从后面床铺处对他下手，而那个地方是无法隐藏人的，造成一种不能侦破的疑点。这一着的确是高呀。”

厉队长讲到这里，停下来喝茶。座中几位领导和警员都全神贯注地听他做层层剖析，不时发出一些惊叹声。

画蛇添足满盘输

厉队长在喝饱茶后继续发挥："以上情况都是我在事后才想通和归纳出来的。如果金心杰的手只伸到杀害陆院士为止，翠湖公寓的血案也许就无法侦破了，我也只能违背心意地认为院士是自杀的。理由嘛，也许院士已发现他患上绝症，不堪病痛折磨，虽然这将使我终身不安。但罪犯并不以杀害院士为满足，他从报纸报道中知道发案时吴格菲不在院士身边，侦破工作也无进展，他就又生出一个毒计，他要一箭双雕，把杀人罪行栽到吴格菲的头上。想来他经过多次盘算，认为有把握，就自动站了出来，还主动请战，这实在是他的一着臭棋。

"开始时，我对金心杰也很信任，并不怀疑。但当他一步步实施他的计划时，狐狸尾巴也就一点点暴露出来。大家还记得他要求去现场查勘的情况吧。在调查中，他发现了许多我们未察觉的情况和细节，像装在空调器旁的微型摄像机啦，可以遥控的转椅和柜门啦，熊猫嘴中的环氧胶啦等等。每一细节都和最后的栽赃有关。当时我并未识破他，但在钦佩他敏锐的眼睛和聪明的脑袋的同时，也出现一个疑点。大家知道我们检查现场时不会有什么既定目标，线索只能在全面检查过程中陆续暴露，而他的侦察简直是有备而来，无的不放矢，像写侦探小说一样，这也是他太急于把我们引上他设计的路了，要是我是金心杰，一定要调查许多无用的地方，做许多虚功后才偶尔发现一条新线索。"

大家笑了起来。"幸亏你不是罪犯。"小王吐吐舌头说。厉队长也笑了，他接着说：

"当金心杰认为布置已定当，悍然指责吴格菲是凶手时，我心中明亮了。他不是在侦查中走上歧途，而是有意的栽赃。难得他在研究所中把凶杀过程重现了一遍，这对解决陆院士死亡之谜当然是极有用的，但谁是凶手呢？金心杰认为我们毫无疑问都会相信他的指控，吴格菲也无法为自己辩护，他的阴谋能够实现。但是我根本否定吴格菲是凶手的可能性，那么，真正的凶手是谁呢——答案很清楚，只能是他自己。

“他当时对凶手的条件分析得实在正确：凶手必须熟悉院士的生活规律、凶手必须拥有手表型的接收器和遥控器，凶手必须有极高明的化学知识……他只漏说一条：凶手对陆院士有切齿之仇。他也忘记一点，对于以上条件，他比吴格菲更加相符。

“金心杰大胆亲自出面陷害吴格菲，还有一层打算。他知道吴格菲的健康情况十分脆弱。他企图在对吴格菲突然袭击而且用最恶毒的语言咒骂她后，能引起她的心脏病复发，导致猝然死亡。他的阴谋差一点实现了，幸亏我们采取紧急措施将吴格菲送医院抢救，才避免了一场祸事。

“从金心杰公开跳出来陷害吴格菲后，我的心中对案情已有大体上的估计。我就抓紧调查他们之间的历史恩怨，金与陆之间的交往，以及金近年来的研究工作和发案时他的所作所为，再对照他所表演的凶杀过程，就构成了金心杰犯罪的全过程设想，而且断定他目前到了骑虎难下的局面，他一定急于要杀害吴格菲。所以我们必须尽一切努力保护吴格菲，同时可以利用这一点，引诱金心杰上钩。”

“厉队长，金心杰为什么急于杀害吴博士，是急于报前仇吗？”

“不完全如此。再细心的罪犯也往往会犯最重大的错误。金心杰一时冲动，认为可以陷害吴格菲于死罪，而且寄希望于吴经受不起情绪大起大落而猝死，但都没有如愿。吴格菲没有猝死，反而得到良好的护理，我们没有听信他的话，而要对案情进行深入侦查。这时他开始考虑到问题的严重性了。我曾故意向他谈过，我们将深入调查吴格菲的毒药从何而来，那特殊针筒是用什么材料制造的，又是在哪里生产的等等，并故意请他帮助追查。他才感到画蛇添足，把自己陷了进去，想抽身为时已晚。他唯一的办法是赶快杀害吴格菲,造成吴畏罪自杀的假象来解脱自己。所以他一再提醒要防止吴格菲清醒后自杀，并认为一般警卫护理人员难以制止吴的自杀,要求由他参加守护。我在做了些必要的布置后,也就将计就计让金心杰参加守护工作。

“我的策略就是在吴格菲清醒后,立刻秘密转移到公安医院保护和疗养,而请了她的妹妹吴文珍同志来扮演假病人。她们两姐妹长得本来有些相像,在头上扎好绷带,嘴上戴上氧气罩后,更不易辨别。当然,这是骗不过像灵芝这样的贴心人的,所以我们决不能让灵芝进入病房。另外,我们布置了严密的警卫和监视防范工作,给吴文珍同志穿上特殊的防护衫,涂上特殊的防护液。等一切布置好后,才告诉金心杰,吴格菲不久将清醒过来,邀请他参与看守工作。

“我们故意给他短时间单独在病房的机会,可是他很狡猾,没有下手。后来他认定我们已信任他了,才露出了原形。那就是你们看到的一幕。他乘病人熟睡时,突然掀开被子,并用这个毒刺刺进对方的颈部。这个毒刺做得十分巧妙,外形是人的指甲,内藏致命毒液,指甲下附着一个薄的塑料套,戴在小手指上,完全和天然手指及指甲一样。他设想毒死吴格菲后,就把这个假指套套在她的小指上，并将手臂屈放在病人颈边。自己佯作不知。这样,当人们发现吴格菲死亡时,只能认为吴是用秘密戴在小指上的毒刺自杀的,下一个吴格菲杀害丈夫、案情暴露后又畏罪自杀的结论。这样,金心杰的阴谋才算大功告成。

“他没有想到,我们给他以独处在病房中的时候,正是吴文珍同志全神贯注做搏斗准备的时候,也正是我们潜伏的警员们严阵以待、注视他行动的时候。他更没有想到,当他来到病床边掀开被单后,那位熟睡中并已奄奄一息的柔弱的吴格菲竟会像猛虎一般地跳了起来,并会在被窝中掏出手铐铐住他那双罪恶的手,而且从四面八方会扑进那么多警员来逮住了他。等他清醒时,已经成为阶下之囚,他只能狠狠地咒骂几句,作为自己的丧歌了。”

不接受审判

“金心杰确实是我从未见到过的凶犯，这么阴险狠毒，这样的长期潜伏报仇，太可怕了。”

“而且还非常顽固和傲慢。我看他是不会服罪的。当我押他上警车时，他还口出狂言。”另一个警员说。

“什么狂言？”郑局长捻灭了烟头，注意地问。

“哦，我们押解他时，警告他要老实，接受人民的审判。他竟向我们吐唾沫，说什么你们别做梦，你们休想审判我，我也永远不会接受你们的审判。”

“大家想想，他说这些是什么意思？是绝望的咆哮，是虚言恫吓，还是有什么实际内容？”郑局长问大家，人们都沉默着不响。

郑局长沉吟半晌，抬起头来问道：“你们说他想用来刺杀吴格非的毒刺是戴在小指头上的吗？”

“是的，是用薄膜做成的一只柔软的指套，套在手指上真看不出来。只有指甲尖是用金属制的，很尖锐，毒汁就藏在指甲尖内。这罪证保存在物证库里，局长要看看吗？”

郑局长摇摇手：“是戴在左指还是右指上呢？”

厉队长追思一下，又向小王耳语了一句，肯定地说，是右指。

“那么是否可以设想一下。一个富有心计的凶犯，为了必要时逃脱人民对他的最后审判，会不会另外备下一只毒刺，到万不得已时为自己享用呢，就像纳粹的大头目戈林一样。小王不是说，金心杰曾提到过戈林的事吗？”

“啊，有可能。局长你提醒了我。我立刻来采取行动。”

厉队长抓起手机，按了几下，和拘留室中的看守联系起来；“是老孟吗？那个金心杰押在几号室中？哦，一号特室，单独扣押，戴上手铐，很好。老孟，现在布置你一个任务，你带个人到一号室去，和金心杰谈谈话。表面上是宣传坦白政策，实际上你注意观察他的手指，特别是左手小指，有没有异样，颜色是否和其他手指有别。还可注意一下指甲形状，我们怀疑他还戴着另一个指套和毒刺，在狗急跳墙时会用来伤人或自杀。你们发现情况后，可以出其不意把他按倒，拔下指套。执行情况马上报告，我和郑局长都在办公室里。"

大家默默地听着厉队长布置任务。郑局长猛抽着烟，口里喃喃自语："其实也不必操之过急，可以慢慢下手的，罪犯不到最后关头不会采取这一招。唉，布置了也就算了，但愿他们能顺利。"

经过了难熬的10多分钟，手机的铃声终于响了，厉队长迫不及待地抓起耳机："是，是我，老孟，怎么样？哦，左手小指上确暗藏毒刺。什么？犯人疯狂抗拒……哦……送医院了……唉，算了。"他颓丧地关上手机："局长，不出您所料，金心杰在左手小指上也戴了指套，藏有毒刺。老孟他们办事不谨慎，在查看金心杰的手指时，过于心急，被罪犯发觉了。他们只好扑上去强行卸除指套，犯人做了疯狂的挣扎，最后在绝望中用指尖戳入自己的胸部，现已送医院急救，恐怕没有什么希望。唉，这个罪犯真会逃脱公审，便宜了他，我真后悔，我应受处分！"

"不，罪犯已经受到了审判，得到了他应有的下场。时间不早了，大家回去休息吧。"郑局长冷静地结束了会议。

UFO 的辩护律师

一、福尔摩斯接到了业务

向效福律师一清早又躺进大沙发里有滋有味地读起《福尔摩斯探案全集》来了。他自己也说不清已经是第几遍通读这部全集了，反正是温故知新，越读越来劲。

向律师绝对是全球头号福尔摩斯迷。他从小就对福尔摩斯崇拜得五体投地，发誓长大后也要当一名大侦探。在大学里他念的是生物化学系（很遗憾，任何学校里都没有私家侦探专业），但"兼收并蓄"地选读了许多他认为与侦探有关的课程，包括电脑、数学、解剖、心理和法律，这使他花了7年才读完本科。他还潜心研究搜集各式各样的小发明、新技术、新工具，几乎变成一位万能科学家。毕业后他对职业百般挑剔，基本上没有合他心意的。最后他考取了律师资格，干脆开起私人律师事务所来。几年下来，凭他的惊人智慧和广博知识，真的打赢了几场著名的刑事官司，使他名利双收，真有点中国福尔摩斯的味道了。这样，他更加着了迷：他搬到了一条少为人知的白克路上住，为的是和贝克街拉上些关系；他不惜斥巨资去美容院，并忍受皮肉之苦，垫高了鼻子——虽然据有心人的精密测量，垫高度仅2毫米，在常人的视觉误差范围之内；他还到古玩店里淘来了一个19世纪的旧烟斗，衔在嘴里——虽然那烟斗里很少填满过烟丝并被点燃；他居然还学拉小提琴——如果福尔摩斯的琴艺与他相似，华生医师是绝不可能作为邻居与之相处几年的。

向律师认为福尔摩斯全集博大精深，堪与中国的《易经》或《孙子兵法》媲美；他还建议成立"福尔摩斯学会"和创立"福学"。他得意地宣称，他和福尔摩斯前生有缘，要不然，为什么一生下来他爸爸就给他取了这个名字，岂不就要他效仿福尔摩斯吗？其实他的大名原是向小福，以别于他的大哥向大福，把中国人的福禄寿喜与柯南道尔爵士的福尔摩斯扯在一起，恐怕他务农的老爸再投几次胎也不会想到的。

为了仿效福尔摩斯，向律师当然是独身了。他也雇用了一个小保姆，并称之为"管家"，他对管家能否烧好"鱼香肉丝"，或打扫干净房间并不介意，但要求她必须能煮出一杯上好咖啡——这些都着实引起小保姆的惶惑不安。向律师在钻研福尔摩斯全集的微言大义时，是绝不容许有人打扰的，因此，小保姆识趣地躲在厨房中忙自己的活，以致有人按门铃，响了一分钟也无人接应，最后还是大侦探起身开门。正当他要发泄怒火时，发现门口站的是他的同学兼好友、刑警队的雷思德队长时，满腔不快顿时冰消。他殷勤地把这位"苏格兰场警长"请进房内，敬烟奉茶，自己也装模作样地衔起了烟斗。

"警长，大驾光临，有什么事见教啦？"向律师满脸春风，期望警长给他带来令人兴奋的案子。但警长皱着眉头，并不正面答复。他坐进沙发，顺手拿起茶几上的书："又是《福尔摩斯探案》，我想你已经能够把这部书从头到尾背出来了，还看？"

"可是我还不能倒背呢！"向律师拿回了书，小心翼翼地合上，好像手里捧着的是一个初生婴儿。

"我说老向，外面闹UFO，全城都变成UFO迷——应该说是飞碟迷了，你倒沉得住气，还在看这'劳什子'？"

"UFO？飞碟？我对那些'劳什子'才从没有信过，也从没有感过兴趣。

怎么，你改变初衷，也信起UFO来了？”

“我当然不打算相信啦！可是当UFO开始犯罪，并且绑架和伤害了我们的优秀科学家，我想不关心也不成了啊！”

“你在胡扯些什么？”向律师抬起头，注视着他。

雷队长注意到茶几上堆着几封未拆开的晚报，他伸手拿过一份瞄了一眼，用它敲打着茶几：“看来你这几天连报纸都没看上一眼，外面那么大的事也不知道，光钻你的‘福尔摩斯学’，可真是两耳不闻窗外事，一心只读圣贤书，佩服、佩服啊！”

“我忙着呢！”向律师带点歉意地解释，“柯南道尔爵士使福尔摩斯名扬世界，他是立了功勋的，但也有缺陷。最大的败笔就是他居然说福尔摩斯有许多失败的案子。这是胡扯，天下哪会有福尔摩斯侦破不了的案子！不可能、绝不可能，这是对他的极大污蔑。这可是个原则问题，我要提笔续写，为之平反。这半个月刚写完第一案‘蒸发了的被害人’，解决了那个著名的‘詹姆斯·菲利莫尔案’，回答了这位先生走进门后怎么会消失的谜。你不想看看？我认为这对你队里那些头脑简单四肢发达的同事们是颇有好处的。”向律师递过一厚沓稿纸给雷队长，却被他挡了回来：

“看来我是找错了门，我想找个私家侦探帮我破案，却走进了侦探小说大师的门。”

向律师慌忙拉住雷队长，不让他起身：“别这样，老朋友，办案和写作是相辅相成的嘛。出色的写作有助于破案，离奇的案子又提供最好的写作素材。你方才说什么来着？UFO杀了人？很好，这可是上好的奇案，请道其详，我非常有兴趣介入。管家，有客人来了，上咖啡啦！”他大声呼唤小保姆。

“事情是这样的，这些天，我们市里一直盛传出现了UFO——飞碟。有的人目睹了，有的人摄下了照片。据说UFO总是在早晨6时半左右出现在西北方向天空。这些我本来并不相信，也不在意，你知道我是不信邪的。可是，昨天清晨UFO又出现了，而且把正在高速公路上驾车行驶的贝院长、卫教授劫走啦，现在一人失踪、一人重伤，这不是奇事吗？局里让我办这个案子，我昨日忙了一天，没有半点头绪，这才上你这个福尔摩斯家来求助的啊！”

向律师猛吸了几口空的烟斗：“贝院长？你说的是东亚气象研究院的贝爱仁？”

“除了他还有谁！他和卫明礼教授去年不是共同获得了国家科学大奖吗？这次听说在气象预报科学上又有重大突破，他俩带了两位助手一齐上京汇报，就出了祸事。是不是他们的超前发明危及UFO的安全了，所以外星人下了手？”

“UFO是怎么劫持他们的？你能不能说详细一点？”

“他们四个人分坐三辆车在公路上行驶，贝院长在前，卫教授在中间，两个助手在后。上午6点半光景，车子开到盘岛岔路处，天空出现了UFO。两个助手在通话机中听到卫教授的叫声：‘天啊，我看到飞碟了……救命呀……’然后就轰的一声，闪过一片亮光，附近几百米内都看不清东西，电子设备也都失效。等助手们清醒过来，前面两辆车已无踪影。他们慌忙报警，等我们赶到，发现这两辆车已经坠毁在两百米外的空地上，完全解体成碎片，贝院长失踪，卫教授昏倒在地，至今还在大华医院抢救，昏迷不醒。事情经过就是如此。你要知道更详细情况，可以询问助手们，他们正在待命呢！”

向律师一跃而起：“管家，快把我的百宝箱拿来，我马上要出发。”他回头一望，似乎要招呼华生医师同走，但马上省悟到他尚未找到华生呢，就转向雷队长：“老同学，你可搔到我的痒处了，这样的奇案我岂能放过。走呀，还等什么！”

二、寻根究底的大侦探

一小时后，向律师已坐在一辆银灰色的面包车中，同车的除雷队长和他的助手小王外，就是贝院长和卫教授的两位学生兼助理：戴铸守和冀正人，车子由小王驾驶着。

车中，雷队长热情地为向律师作介绍："这位是向效福律师，是现代的中国福尔摩斯。我认为他的本领其实已超过福尔摩斯。我们遇到困难，总是找他帮忙，而他也总给我们以出人意料的帮助。这一次，我们又找上他了，小王，你可得好好地向他学习！"小王嗯了一声，没有搭腔。

向律师听得心头热烘烘的，但仍忘不了谦虚几句："警长，你过誉、过誉。要说福尔摩斯，那是不可超越的顶峰。我虽努力学习，仍有'高山仰止'之感啊。我胜于他的只有一点，就是您说的'现代'两个字。福老先生办案的时候，他只有一只放大镜，一把镊子，再加上几样简单的化学试剂……这就是他全部家当。而我，沾了晚生两百年的光，拥有和掌握的手段就比他多多啦，请看……"向律师打开他的百宝箱，里面塞满了古里古怪、形式各异的仪表和工具："这些宝贝，有的是我从高新技术市场上采购的，有的是我装配的，还有一些是自制的，有了这么多的现代化仪器，可以说没有一件发生过的事能逃得脱追索！这可是福老先生当年梦想不到的。但话又得说回来，离开他的科学分析和周密思考的道路，即使有了再高明的仪表也是一事无成的！"

"这是个电子辞典吧？"小戴顺手取出一个仪器摆弄，却被向律师不太礼貌地拿回："小戴，别乱动。这'电子辞典'里装有容量一万倍于大英百科全书的各类知识和资料呢，是个地地道道的万宝全书。现在还是个样品，再成熟一些，我要赠给公安局的，那将成为他们的有力武器。现在，请你们哪位把发案过程给我说说，雷队长只告诉我大概的情况。"

两位年轻人商议了一下，冀正人清了清喉咙："那是在前天下午，卫教授忽然通知我们到他家开会，讨论去京汇报的事，我们就准时去了。"

"对不起，你没有完整和准确地告诉我情况，譬如说，他们是在几点几分用什么手段通知你的？卫教授家在哪里？'准时'又是什么时候？"

冀正人怔了一下，补充说道："前天下午5点半左右，我已回到集体宿舍，卫教授打电话给我，说研究院接到紧急通知，要立刻派人去京，汇报我们在气象预报技术方面取得的突破性进展。贝院长决定由第一科研组的四名成员——就是贝院长、卫教授、小戴和我——在第二天就去京。卫教授要我转告小戴，晚上8点整一齐到他家讨论有关问题。我马上找到小戴，我们在7点半从光华路集体宿舍出发，8点差10分到达卫家——明湖别墅8幢1号——这样清楚了吗？”

“谢谢，请说下去。”

“我们到后，按了门铃，服务员带我们进了屋。在客厅里，我们见到了贝院长和卫教授，讨论了有关问题。他们吩咐我们要带上哪些材料，还商定了汇报顺序和内容，并要我们在第二天——就是昨天——清晨5点准时到达高速公路市北进口处集中，因为已购妥早晨第一班航班的机票。当时我虽觉得有些突兀，但还是一件普通任务，并不在意。需要的资料都早已录成多媒体，不需要做什么特别准备，就一一答应了。”

“在讨论时，贝院长和卫教授还争论过一下。”小戴提醒说。

“啊，对了，我忘记说了。贝院长说，是否把A2号文件也带上。卫教授则强烈反对，认为这与汇报内容无关，也不成熟，不同意带。我也认为这A2号文件与我们汇报内容毫无关系，用不着带去。贝院长也就不再吭声，看得出来他是不高兴的。这里有讨论时的录音，你可以拿去听。”

“太好了，我会仔细听的。请问你们是什么时候离开的？他们有什么吩咐？神情是否正常？”

“我们是九点光景走的。两位老师都站起身送我们，没有什么不正常啊。卫老师一再叮嘱我们要准点到达，集中出发。他说，他还要和贝院长再谈一些事。”

“他们住在一起吗？”

“啊，不，贝院长住在北郊丽春园，离开明湖别墅有点距离。我们回到宿舍后，做了些准备。两人还在小客厅里闲聊了好一会儿，因为第二天黎明就要动身，到10点后就各自回房休息了。”

“我们回房前还接到贝院长的电话呢。”小戴又提醒说。

“贝院长的电话？他怎么说？”向律师十分关注。

“其实不是电话，贝老师给我们发来一个短信息，”冀正人解释：“大约是9点50分左右，电话机忽然闪光，有短信息传来，我收下一看，是贝院长从家里发来的，很简单，要我们把最近院里发的A2号文件也带上，怕我们已睡，所以发短信通知。当时我很奇怪，因为我方才说过，这A2号文件和我们要汇报的事毫无关系，风马牛不相及的。而且A2号文件只有几张纸，人人都有一份，他为什么自己不带，要专门通知我们带呢？10点后，卫老师也从他家里给我来电话，通知我带上院A2号文件，我还问过他，带这干吗？他没说出道理，叫我照办就是，还发牢骚说，反正谁官大听谁的，看来是贝院长坚持要带，我也只好照办。”

“如果不涉及机密，你能告诉我你们要汇报的内容和A2号文件的情况吗？”

“这个，”小冀犹豫了一下，又向雷队长看了一眼，“去京汇报的内容是关于我们在‘混沌理论’上取得的突破，以及‘随机归心技术’在气象预报上的应用。向律师，我只能说这么多，说多了你也听不懂。至于A2号文件是我们研究院办公室发的‘关于绿化研究院环境的计划’，是一份征求意见稿。我实在想不出这和混沌理论能扯上什么关系？”

“馄饨理论？”雷队长瞪着眼。

“雷队长，这‘混沌’不是吃的‘馄饨’，”向律师好像猜出了雷队长的疑惑，“混沌是指一种事物系统中出现的运动状态，它虽然遵循简单的物理规律，似乎应当可以预测的，而实际上，由于在过程中一些不可避免的、极小的随机扰动影响会迅速增长，使系统的行为无法预测，像长期气象预报就是如此。相反，一支火箭的发射和运行就不是混沌系统，而是一种有序运行状态。混沌现象是一种极复杂的现象，能在这个领域中取得突破可真是了不起啊！它与研究院的绿化不仅不存在关系，根本不是同档次的问题。贝院长坚持要求带上A2号文件，这可是个难解之谜。”向律师沉吟着说。

“向律师，你对混沌理论很了解呀！”冀正人有些惊讶。

“根本谈不上了解，我是个万金油式的人物，知道几个名词，懂得些概念罢了。请你再说下去。”

“第二天，就是昨天早晨，我和小戴差不多同时醒来，我们发现都起迟了，我们的手表不知什么缘故都慢了半小时，起床时已快4点半了。这弄得我们很狼狈，我们匆忙盥洗了一下，胡乱吃了些干点，赶紧开车往高速公路赶。当我们赶到市北入口处，已经5点零2分了。贝院长和卫教授的车已停在那里，他们都站在车门边等着。卫教授着实批评了我们几句，我们只好认错。后来，贝院长的车先驶上高速公路，卫教授紧随其后，我们也赶紧跟上。”

“你们戴的是什么老爷表？怎么会不准时呢？”

“我们的手表是研究院统一发的紫金山牌，质量很好的，前天睡觉前还看过，好像没出问题，而早晨两个人的表都慢半小时，真是不可思议。”

向律师沉吟一下又问：“你们坐的是什么车子？”

“我和小戴合用一辆院里的长城牌面包车，就是现在坐的这辆车，雷队长说坐这辆车去现场，更增加真实感。两位老师都有自己的车，都是崭新的‘顶峰牌’高级轿车，这是他们去年共获国家科学大奖时政府奖给的。车子是橘红色。车牌也是专发的，牌号是特0001和特0002，少有的殊荣呀！”

“这顶峰牌是我国研制的超世纪高级轿车，全塑环保型，不论是材料、结构、电机、驾驶监控系统都是一流的，空车重量仅300千克啊！值1000万元一辆！”绰号“汽车迷”的雷队长补充介绍。向律师听说后拿起“万宝全书”点击了一下看了一会儿，点点头，接着问：

“你们到市北入口处，贝院长和卫教授站在一起吗？与你们隔多少距离？有什么异常情况？”

“他们的车都停在路口，卫老师的车在后，他就站在车门口，看见我们到了，就立刻挥手让我们停下来，并走了过来和我们说话。贝老师的车在前面，离开我们大约有20米吧，由于卫老师挡着，我只模糊地看见贝老师也站在车门口，唉，小戴，你不是拍过一张照吗？还在吗？”

“在，我是个摄影迷，相机是不离身的。”小戴边说边解下身边的数码相机，调出了片子，取景框里就出现了当时情况：在岔路口停着两辆橘红色的轿车，贝院长站在车门口，卫教授则在和小戴、小冀讲话。他把相机递给了向律师。向律师仔细端详了半晌，他的眼睛忽然张大了，闪闪发光，并把相片转录到自己的微电脑中：“这张相片十分重要，小戴，感谢你做了件大好事，雷队长，我建议你保管好它，这可是重要证据！”他把相机交给雷队长和小王，让他们也仔细察看，又转身说：“后来呢？”

“后来卫老师就进了车，并喊道，贝院长，走吧！他们的车就上了高速，我们也跟上。顶峰牌的车速可以达到很高的，当时时间还早，路上也没有车，老师们把车开得飞快，所以我不敢怠慢，虽然启动了自动驾驶系统，仍手动驾驶，紧紧跟住。路上老师们还通过多通道对讲机和我们聊天——我们的车子都装了对讲通话机和自动驾驶系统的。”

“唔，请问你们谈了些什么呢？”

“小戴，你说吧，我在全神驾驶，没有太多分心聊天。”

“主要是卫老师和我们聊了些绿化问题，后来又提到UFO，他问我们相信不相信有UFO和外星人，我说我们是搞科学的，不相信。他好像有些不以为然。他说，有些事现在还不能用科学解释清楚，不好下结论。唉，想不到说到曹操，曹操就真个来了。”

“有意思！那贝院长的意见呢？”

“那天贝院长很沉默，只偶尔插一两句话，喉咙也有些哑。他这个人本来是坚决不信UFO的，斥之为愚昧和伪科学，但那天好像也改了口，他说理论上不排除存在有高度文明的外星人的可能。我怀疑他们是不是在前天夜里看到什么了，所以都改了口。小冀，你说呢？”

“嗯，有可能。”

“我再说下去吧，后来在六点半光景，我们开近盘岛岔口了。天空中突然出现了UFO，确实是一个发光而且飞行的碟子，我在车中看得清清楚楚，我们大为惊骇，小戴赶紧拍下了片子，车速自动地放慢了，就在这时，对讲机中传来卫老师的尖叫声：‘飞碟！飞碟……啊哟，老贝你怎么啦……不行……不行……放开我……救命呀……’然后，老师们的两辆车离开高速公路，驶下岔道。那岔道是通邻县的，因为已开通新路，正在进行全面翻修，暂时不通行，不知为什么他们开了下去，我只好也跟下去。接着，前面闪出一道亮光，亮度极高，我们的眼睛一下子看不清，人也有些昏迷了。等清醒过来，车子已经停在岔道的路边，前面两辆车就不见了。我们马上报警，而且寻找老师们。我们发现在几百米外的草地上似乎有破碎的车体，赶过去一看，两辆轿车已粉碎性解体，卫老师昏倒在地，贝老师失踪了，我们吓呆了，赶紧报警。过了一会儿，雷队长和小王就赶到了。这就是我了解的全过程，真太可怕了！”小冀说到这里，全身战栗了一下，就停住了。

向律师没有再提问，他眯着眼睛思索着。片刻，他注意到坐垫的缝里有个已破了的塑料盒，就抠了出来玩弄着：“这盒子是干什么用的呀？是你们哪一位的？”

小戴和小冀都说盒子不是他们的，也不知道什么时候、又怎么会落在坐垫的缝里。向律师认真地检查这个盒子，又摸又嗅，最后用小刀切取了一小片放进百宝箱中，还详细询问了最近谁坐过他们的车。然后，他就闭上眼睛陷入沉思之中。

三、碎片中的信息

面包车开到盘岛岔路口时，小王熟门熟路地把车开上停车道停下。大家下了车。小冀环顾了一下，肯定地说：“对，发生事故时，我们的车正开到这里，UFO在左边天空出现了。”他用手遥指一下：“当时，贝老师的车已到了岔路口，卫老师的车也靠近路口，UFO出现后，我们的车就自动减速了，接着就传来卫老师的惊呼声，他们两辆车就下了岔道，不久就闪出白光了。”

他又用手向右边一指："那边稍稍高起的草地，就是发现车子残骸和卫教授的地方。"

向律师站在车边，向天空眺望了半晌，挥了一下手："去看看现场吧。"车子沿岔路开出两三百米后，路边出现了一块草地，在草地上散布着两辆轿车的零件与残骸。草地靠近公路路边处还好像被火烧过，一片焦黑。警方已临时在路边拉上铁丝网。小王把车停好后，带大家走进草地。那两辆轿车确实已经"粉碎性解体"为零星碎块，连轮胎和轮圈也分裂成几块散落各处。一块"顶峰—400"的标志牌，半插在土中。向律师立刻提了百宝箱趴在地上考察起来。他捧起一块碎片，研究上面的裂缝，抚摸边缘的棱角，还对着阳光照看两面，然后交给蹲在他身边的小王："小王，你对汽车的解体有什么见解？"

小王伸手搔了搔脑袋，接过了碎片："这两辆车真是粉身碎骨了。除了发动机和大梁还保留些原来样子外，已经散成一堆碎块。过去我们也办过炸车、烧车的案子，罪犯无论用多少炸药，也只能把车炸得变形，烧成漆黑，不会搞成这个样子的。看来外星人确实拥有更强大的破坏手段呀！"

向律师又捡起一块碎片交给雷队长："姑且不提外星人，如果地球人要把车炸成这样，该怎么做呢？"雷队长把碎块端详良久，指着表面的裂纹说："老向，顶峰牌轿车是用PL—21材料做的，强度极高。你看，这裂纹呈放射形，外表面宽些，里面细，碎片稍有些弯曲，似乎是受到内部爆炸压力破裂的。但是，如果是内部爆炸，按一般规律，只要车身有一个地方裂开，压力就释放了，不应该全身粉碎呀，你说呢？"

"警长，你的分析十分正确和重要。这说明，第一，车身是由于内部爆炸而毁坏的，第二，破坏前车身材料已发生了异常的变化。"他取过一块小碎片，用小锤子不断敲击，直到它再次断裂，"警长，请允许我带一小块进行更深入的研究。啊，这车子真可谓集轻巧、坚固、美观、经济于一体，了不起！"

"可惜这么好的车子竟化成一堆垃圾，这外星人真可恨极了，一定要绳之以法！"小戴恨恨地说，并指着一只散落在地的轮胎残体，"就是这轮胎也不是普通的，它是长城公司的专利产品，我表弟就在长城公司工作，他说他们生产的人造橡胶性能全球称冠，在普通车胎上粘上一薄层人造橡胶，跑10万公里都没事。”

向律师闻说就走向那只轮胎残体：“这是左前轮啊，啊，小戴说的不错，这是一种特种人造橡胶。如果我没有记错，这种橡胶还有极好的记忆功能，它会告诉我们一些重要的情况。”他用小刀割下了一小块橡胶，用纸仔细包好，还在外面写下“左前1”的字样。接着又遍地寻找，把另外三个车轮的碎片都寻到，各取一些，放进百宝箱，还招呼小王：“小王，请你把另外一辆车的四个轮胎也找到，都取一小块碎片来。”

小王以怀疑的眼光看着“福尔摩斯”的一举一动，听到呼唤后有点勉强地去寻找另一辆车的轮胎碎片。但那辆车的右后轮飞得较远，落到一条溪沟的陡坡下面了。小王认为轮胎都是一样的，没有必要爬下溪沟去取，向律师立即拉下脸来发话：“这哪儿成！办案子必须一丝不苟，不能偷懒。右后轮胎的碎块非找到不可，你不愿去我自己去。”小王无奈，只好半走半爬下了沟底，取来一块碎片，心中暗地里着实把向律师骂个够。

向律师趴在地上把碎块一片片检查一通，小王也无目的地掏摸着。他从土堆里抠出了一个小小的密封盒子，端详半天不明内容，就递给向律师辨认。向律师读出盒面上的字后，不禁失声：“小王，这是这辆车的TMR啊……怎么，你不懂？TMR就相当于民航机中所谓的黑匣子，它是汽车上的黑匣子，只配备在最高档的车上，我也是刚从万宝全书上获知的。这里面藏有多少重要信息啊，太好了。现在我们不妨先听一听出事前的录音，这是最简单和原始的信息了。”他从百宝箱中摸出一个放音机，连接在黑匣子上，调弄了一下，放音机中果然播出汽车行驶的声音，车中播放的乐曲，卫教授和小冀、小戴讲话的过程，最后则是卫教授的惊呼声，闪光时伴随出现的噼啪声，车子腾跳声，然后是汽车的刹车声，开门关门声，最后发出巨大的爆炸声，就归于寂静了，众人听得面面相觑。向律师把黑匣子郑重地递给雷队长，嘱咐他送到专门部门去解译，并把结果告诉他。雷队长真的钦佩了，他接过黑匣子拍拍向律师的肩："老向，真有你的，你真是个万能科学家！什么都懂：天地生、数理化、文史哲、政经法……比当年的诸葛亮和福尔摩斯厉害多了。我们马上送去破译。小王，你到那边去，找一找另一辆车的黑匣子，一定也在那里的。"小王慌忙狗颠屁股似的跑了过去，掏摸起来，不长时间，果然也找到另一只黑匣子。向律师拿来用耳机听了一下，点点头，也把它交给了雷队长。

他们又走到草地的东南角。小冀和小戴说，卫教授就是昏倒在这里的。向律师详细询问了卫教授当时的情况，还俯卧在地上模拟一下，然后就在附近的草堆里搜寻着，时而拔掉几棵草，摄下几张照片。然后站起身来估量从汽车残骸到这里的距离，并来回地踱着步，蹲在地上研究着，连经验丰富的雷队长也不理解他在搞什么花样。

最后，他们来到草地边缘靠近公路的地方。这里大块草地都被烧焦了。他又伏倒在地拔草、挖泥，连摸带嗅地调查了良久。

四、损坏了的浴缸

第二天，应向律师的要求，一行人又到贝院长和卫教授的家中去检查，还去医院探望治疗中的卫教授。由于这两人都是国家级的科学家，承担着机密的研究工作，雷队长专门开出了检查证，而且在安全部的一位金处长的陪同下，才进入他们的家。

他们首先去了贝院长的家。这是一幢两层楼的小别墅。贝院长的夫人在数年前已逝世，贝院长与父母、儿子和两位服务人员住在一起。他父母和一位保姆住在二楼，贝院长和儿子住在底层，儿子平日寄宿在学校里，假日才回家住。一位男工人老张住在门口的工人房里。地下室里则是车库和储藏间。

车子驶抵贝家后，老张前来迎接。金处长出示证件和说明来意后，老张客气地开启车库门，引导他们把车开进车库并陪他们上一楼。向律师抓紧时间和老张聊上几句，询问贝院长的生活规律和星期二晚上回家以及星期三早晨出门情况。据老张讲，贝院长为人极为严格，办事认真，生活规律，只要不出差，早晨准六点起床，七点驾车去院办公，由于经常开会、加班，晚上回家时间不定。如回家较晚，一般有电话通知家里，家属、工人不必等候，可以自行休息。那大门和车库门都是智能门，能识别贝院长的车，可自动开启和关闭。其他的车子则非经老张认可是绝对闯不进来的。

星期二那天下午，贝院长有电话通知，因需在卫教授家开会，回家较迟，不必等候。实际上，贝院长的车子是在9点3刻左右到家，老张刚刚躺下，听到车子驶入。第二天贝院长离家特别早，老张5点半起来后，在车库门口的记录器上显示贝院长的车在4点钟就开出了，显然是因出差关系。向律师把老张的话全部录下，并自言自语："4点钟就开出？这里到高速公路市北进口处很近，只要几分钟时间，用不到这么早出发呀，这段时间，贝院长干什么去了？这可是个问题，小王，你得记下。"小王只是嗯了一声，没有搭腔。

他们把车停在车库中，跟着老张由台阶走上一层的客厅。贝院长的父母、儿子和保姆默坐在厅里。他们都由于贝院长的失踪十分忧伤担心，两位老人的眼睛都红肿得厉害。雷队长他们不得不尽力劝慰，并承诺一定尽快查明真相，救回贝院长。然后他们进入书房检查。书房很大，贝院长回家就在这里工作。沿墙排满了书柜书架，分门别类整整齐齐地列好各种书、刊、文献、资料和原稿。一只保险柜显然是存放重要资料和物品的。写字台也很大，排列着办公用具、待办文件、卷宗、手稿和一台"五合一"（电话、传真、录音、录像、短信）。旁边的计算机台上是一台最新的电脑和各种附属设备，这里几乎是他的第二办公室。

向律师先注意检查那台"五合一"，他调出了最近的各项来往通讯记录研究，又端详了一会儿机器表面，就回头问保姆："小姑娘，这书房是你负责打扫的吗？"在得到肯定的答复后，他又指着机面上的一个按钮说："那么你的工作质量还不够好啊，这地方可没有擦干净啦！”原来按钮旁边有一小块蜡烛油似的污垢。保姆顿时面红耳赤：“我怎么没有看见？什么时候弄上去的呀？这里又不点蜡烛。”向律师微微点了点头，用小刀刮取一些，用纸包妥，放进百宝箱。小王暗地里说了声：“吹毛求疵！”

然后向律师仔细检查了文件和资料的类型、排放顺序，特别对目录、提要、简介之类的东西看了又看。他从行政文件目录中找到了 A2 号文件，标题确实是关于绿化环境计划的征求意见稿。他沉吟了一会儿，又在技术卷宗和科技报告简介卷宗中搜索起来。他先取出目录单阅读。但那目录是用密码写的，表面上看是一堆毫无意义的符号。

看到他惊奇的样子，小冀就解释说：“贝院长研究的许多课题，都是保密性很强的，所以报告内容写好后，都换成密码印刷。需要阅读时，要把报告放在阅读机中，另外放进一张解码盘，启动解译程序，才能阅读。”

“那么谁拥有解码光盘呢？”向律师问。

“文件密级不同，解码光盘也不同。一般性的机密文件，以及一些简介、目录、索引性的文件，可以利用资料室的解码光盘阅读。高层次的文件，其解码光盘就放在保密室里，要按一定批准手续阅读。至于正在进行中的研究课题，有一些中间成果或未定的报告稿，就由研究员自己设置一套密码锁定，只有他们本人才能读出。这样，即使文稿被窃，别人也难以破译的。待文件审定后，再换成统一的密码。像这目录上用黄色印的报告都是未定稿。”

“金处长，为了侦破需要，我可能要求读一读某些文件的目录或报告的简介，请你同意。”向律师提出了要求。

金处长思考了一会儿回答说：“如果是侦破必需，当然可以考虑，但要首先征得研究院同意。”

小戴笑了起来：“如果只看看目录和简介，这些都属于一般性机密级，只要得到院办公室同意，就可以去资料室阅读的。外单位只要有司局级的介绍信，我们办公室都批准的。老实说，保密课题的技术很深奥，光看看标题和简介，是泄不了什么密的！”

“尤其是我们这种外行和万金油式干部！”小王有意补充一句。向律师毫不在意，微笑地说：“那就太好了，我明天带了公安局的介绍信来，小戴，请你帮我去办公室办一下手续。”

然后他们去看了一下贝院长的卧室，卧室的布置非常简朴，只有一张床、一个床头柜、柜上一架电话、一只台灯，另有一张立柜和一台小电视机。据小保姆讲，贝院长每日六点起身，保姆给他准备好简单的早点。他一般六点一刻去餐室用餐，6点50分去车库。星期三那天早晨，他卧室门口“请勿打扰”的灯一直亮着。保姆觉得异常，敲门不应，开门进去一看，他已经走了。向律师听了问道：“你觉得这有些不正常吗？”

“很不正常，”小保姆肯定地说，“先生做事是一丝不苟的，一起床就把请勿打扰的灯熄掉，从来没有出过差错。看起来那天他好像走得特别匆忙，房间里也很乱。”

“是吗？请你详细说说。”向律师的兴趣上来了。

“先生平日起床后，总顺便把被褥整一下，拖鞋也放回鞋柜，这是他的习惯。而那天早晨，被子乱成一团糟，拖鞋也东一只西一只，简直好像跟人打了一架！”

“这确实是不正常。”向律师表示同意，他回头向雷队长说：“雷队长、金处长，我对贝院长家的调查很满意，我们已取得许多重要信息。如果你们没有更多问题的话，我们是不是可以到卫教授家中去看看了。”

卫教授的家要简单得多。教授还是独身，也无家属或工人同住。他雇用了两个小时工，每天定点来做清洁工作。他占用了一幢三层别墅的整个底层和地下室——他与楼上的邻居也是“老死不相往来”的。底层有一个很大的客厅和三间居室，作为寝室、书房和储藏室。地下室中有车库、工具间和卫生间。地下室显得阴暗破旧，和地上房间的精致装修很不匹配。

他们到卫家后，照例也询问了门口的值班工人。工人也证实星期二晚上卫家有人在开会，9点左右有两个年轻人离去。后来又有一辆红色轿车离去，以后就没有车辆出入了。工人是10点关门休息的。

卫教授的客厅和书房中的情况和贝院长的也差不多，但要脏乱得多。向律师在客厅中主要检查了茶几上的咖啡杯，然后详细检查了书房中所有文件。由于放置零乱，向律师很花了些时间。那份A2号文件也在其中。在向律师的坚持下，金处长还同意请了锁匠打开保险柜的门，让向律师把柜内的文件也检查一遍。好在文件多是用密码印的，不怕泄密。小王极不耐心地等着向律师检查每一本文件的封面，心中暗骂："装模作样，浪费时间，我就不相信你看得懂！"

好容易等向律师查完了文件，大家又到地下室察看。在下台阶时，向律师捡起了一个衣扣，摸了一会儿，放进了口袋。车库是空着的，工具间很大，设备齐全。小戴解释说：卫教授是个既动脑又动手的人，这地下室也算是他的一个实验室。向律师注意到其中两只大钢瓶——似乎是氧气瓶。他捉摸了半晌："这不是普通的氧气瓶，再说，卫教授要这么多氧气干什么？难道他要在地下室装配汽车？"没有人能回答他的问题。在走进卫生间以后，他又注意到一台挂在墙上的强力排风扇："多大的排风扇，这可不是用在卫生间里的呀！"他又在房间的角落里找到一袭御寒服：啊呀，卫教授是不是打算去南极考察啊，竟准备了这么厚的冬装！"

但是最引起他重视的还是墙边的一只很破旧的大浴缸，浴缸表面的瓷都已破裂了。向律师敲敲浴缸的边感叹道："我们第一流的科学家竟在这样的浴缸中洗澡，未免有失身份，这研究院也太不重视人才了。"

小冀红着脸争辩道："我们院对卫老师还是很重视的，上面有一间淋浴亭呢，这浴缸是洗洗墩布和杂物的。不过我上次来的时候，浴缸好像还没有这么破，不知怎么搞的，现在破成这样了。"

小王有些听不下去："向律师，我想浴缸新旧和案子没有什么关系吧？"

"是吗？但愿如此。"向律师拧开水阀，向浴缸中放了一点水，然后打开出水阀。水位下降得很慢，似乎下水道有点堵塞，向律师用皮碗打了一下也未见起色。等水排干后，缸底上有些未冲尽的粉末，向律师用手撮着，又用小刀刮取了一些，也郑重收藏起来。

接着，他又在缸底下取出一只哑铃：“唉，这间卫生间真充满了谜，浴缸下面会有哑铃，而且是一只！”

“工具间里还有一只呢！”小王鄙夷地说。

“啊，当然了，这样就配套啦。小王，你的观察很仔细呀。不过，我想请你解释一下，为什么要把一只哑铃放在浴缸底下呢？”

小王语塞了，但口中还强词夺理地咕噜着：“谁知道，也许卫教授要躺在浴缸里练一只臂膀呢！”

最后他们去了大华医院。据主治大夫介绍，卫教授已开始清醒过来，但身体还十分虚弱，不能讲话，拒绝他们访问。大家就没有进病房，只在窗外看了一下。护士正在给病人输液采血，向律师要求给他一点血样，他要研究。

五、雷队长陷入窘境

雷队长又一次来到白克路的向律师家中。后者正在全神贯注地做着“化学实验”，甚至忙得来不及起身招呼一下，只说了一句：“啊哟，老同学，有什么新消息见告吗？案子调查得怎么样了？”

“这正是我要问你的问题。老向，这两天你在忙些什么？打电话你都不在家，我心急如焚，就登门拜访，想从你这里得到点启示，应付当前的困境啊。”

“这些日子是忙了一些，”向律师承认说。他伸出手指：“我去了研究院，阅读了好些论文汇编的目录和简介，大有收获。我还去了他们的人事处，承蒙那位处长吴女士的慷慨，让我看了一些人事材料。我还去了长城公司、汽车销售中心和医药中心，要来好些产品广告。另外就去过，DNA检测站……哦，对了，我还打电话给贵局技术中心，催他们尽早提交黑匣子解译成果。说实话，那位接电话的小姐的态度真不怎么温暖，比卖汽车的小姐差多了，怪不得人们说贵局是门难进、面难看、事难办哪，我看还得添上话难听啊！”

“对不起，这一定是小罗，她最近跟男朋友在闹别扭呐。不过，他们工作还是挺抓紧的，你看，这不是他们要我转交给你的两个黑匣子的全部解译成果吗，里面有车辆的行驶过程详细资料、机件的运行数据……我们已初步分析一下，似乎没有重要线索，你再研究研究，希望快点有个说法，这些日子我真是度日如年啊！”

“啊，好极了，我正等待着这些重要资料呢。啊，老同学，短短几天，你瘦多啦。怎么啦，被狗仔队跟上了？要顶住，健康是革命之本……”

“你认为狗仔队是那么容易摆脱的！唉，老向，这几天我真累了，”雷队长叹了一口气，躺进沙发，点燃了一支烟，“你知道，现在UFO劫人案已满城尽知，上下震动。上面呢，查问专家组为什么不去汇报，要求澄清是不是真的发生了UFO劫人事件。社会上呢，谣言四起乱传，越说越离谱，愈传愈可怕，昨天网上甚至有人说已经看见外星人了，像一条大章鱼，还有说外星舰队已经布满太空，就要对地球发动致命攻击。搞得人心惶惶，商店不营业，学生不上课，旅游停顿，外商裹足。报社电台的记者更整天包围着，要求提供最新情况，斥骂我们的无能。市领导下了死命令，要求赶快查明情况，好从速向领导、向人民有个交代。我们怎么无能？我们那里拖延过？如果是一般案件，恐怕早已破了，但这是UFO啊，是外星人作案啊，怎么能怪我们？老向，你这个大律师兼大科学家在社会上还是有影响的，我们希望你快点站出来讲句话，根据你的科学分析，说明这确是外星人作的案，不是地球人在目前水平下可以抓捕的，我们的日子就好过了，你别再去研究什么A2号文件，调查什么人事档案了，好吗？”

“我理解你的处境，但是很抱歉，你要我现在出来证实这是UFO干的事还办不到，证据不足……”

“还要什么证据啊，这不是在光天化日之下，许多人亲眼目睹、亲身经历的事吗，你还要搜集什么证据？还要搞多少天？”

“我的调查工作已很有进展，也许不要再用很多天就可以结束了。不过我要遗憾地告诉你，我取得的成果不但不能证实案子是UFO干的，反而是有利于它的。我一定令你失望了。”

“什么呀，对这样一清二楚的事，你还要给UFO辩护？老向，我可提醒你，UFO是不会付报酬给你的！”

“任何被告在法院作出判决前都只是疑犯，都享有答辩的权利。我呢，也愿意为他们提供帮助，担任他们的辩护律师，不管他们是人是鬼，也不管他们付不付我报酬。只是，你们现在没有逮住疑犯，我们又怎么能在法庭上见面交锋？你们又打算怎么了结此案呢？”

“这确实是件难事。对于一般刑事案件，我们当然先通过侦破，逮捕疑犯，侦讯后再移交检察院和法院起诉与审判。但对这件案子，几乎是在众目睽睽之下发生的，而罪犯又潜逃到外星空去了，以目前的水平又无法逮捕归案，也无法移送检察院，又不能无限期地拖延下去，真不知应如何办才好。对于民事诉讼，必要时可以缺席审判。要不，就以情况特殊为由，对UFO来一个缺席审判吧！”

“老朋友，你怎么一口咬定就是UFO干的事，甚至还要来一个缺席审判。我不是一再向你说明，证据不足，甚至还有有利于UFO的事实吗？你怎么一点也听不进去。”

“老向，看来你真的要为UFO当辩护律师了。我本来是想利用你的声誉帮助我们向社会说明真相，早日让人们稳定下来，你怎么跑到对立面上去了，这太使我失望了。”

“如果我背离事实，把罪行强加给无辜的UFO和不存在的外星人，使人们永久处于外星人随时可以进行劫持杀害的阴影下，你说这个社会能稳定吗？”

“那你究竟掌握了多少有利于 UFO 的事实？案子又是谁干的？请说出来也让我们开开眼界，好吗？”

向律师沉默了半晌，抬起头望着雷队长说："我还需要一点时间。这样吧，如果你们同意，我们不妨在公安局内部开一次'模拟法庭'。审判员、公诉人、证人都请你们担任，被告UFO只好暂时缺席，我来当它的辩护人甚至代理人。在这个虚拟的法庭上，如果你们有确切证据能说服我，我就公开向群众宣布，我承认是UFO作的案。如果我能驳倒你们，那么请你们不要过早宣布是UFO劫持和伤害了人，而根据我提供的事实，重新立案办案，这样做公平吗？"

雷队长瞪着眼望着他，良久，他以干涩的声音说："那好，我报告局长，如果他们同意，就这么办。你得多准备点材料呀，看来你这个人是不到黄河不死心的。"

向律师哈哈一笑："主要还是你们多做些准备为好，不要阴沟里翻船。你们这些人是不见棺材不下泪的。"

六、在模拟法庭上的交锋

破天荒的"涉外（涉及外星人）模拟法庭"真的在法院内部秘密预演了。法官、书记员和人民陪审员一本正经地登场。金处长也到庭，雷队长是公诉人。被告UFO缺席，由向效福作为代理，进行辩护。还有几位领导和精选过的记者列席旁听。所有到庭人员都须承诺不得将任何信息向外透露。

公诉书长达20页，由雷队长宣读，指控被告UFO（包括其内的外星生物）侵犯中国领空领土，并犯下劫持、伤害人质和毁坏车辆的罪行，已触犯刑法，构成犯罪。

公诉书称：在6月21日星期三上午，贝院长、卫教授和助手们因公去京，分坐三辆汽车于5点到达高速公路市北入口处，从当时起到6点半止，车辆和人员的情况都是正常和良好的（雷队长出示了小戴5点钟在高速公路入口处所拍的照片，播放了黑盒子记录下的行驶中四个人谈话的录音）。

公诉书称，在6时半，被告以目前地球人尚未掌握的技术飞临本市上空（雷队长出示了小戴当时摄下的照片和从别处征集到的照片），此时受害人的车队正驶到盘岛岔路口。被告又用目前地球人尚未掌握的手段，强迫车队驶下岔道，劫走两辆汽车和其中的人（雷队长播放了卫教授惊呼、求救的录音）。实施劫持时，发出闪光，使后面车中的两位助手暂时昏迷。在这段时间里，被告劫走贝院长，把两辆车和卫教授掷回草地，并将车身炸成碎片，卫教授也重伤昏迷（雷队长又放映了草地上的车辆残骸情况、医院中卫教授昏迷不醒照片，并出示对冀、戴二人的询问笔录）。

公诉书最后认定：1. 被告并非地球居民，在未得到对方同意之前擅自进入地球领域，构成侵犯星空罪，但因目前尚未制定星际公约和惩办条例，因此先保留今后提出进一步追究的权利；2. 被告用不正当和强暴的方式劫持地球人，导致一人失踪、一人重伤，触犯地球上侵犯人身罪，要求法庭责成被告立即放人并处以相应刑罚；3. 被告作案后潜逃星际，至今未能抓获，为了澄清事实、伸张正义，请求法庭作缺席审判，并责成公安部门继续缉捕归案，以正星法。最后还附带提出民事诉讼，要求被告赔偿财物损失和当事人的精神损失折合黄金十万盎司。

雷队长念完公诉书后，审判长敲了一下槌子："被告代理和辩护人，你听清楚公诉书了吗？"

"清楚了。"

"你是不是同意对你的指控，有没有要辩护的话？"

"有。审判长，各位陪审员，控方方才宣读的公诉书，完全违背事实，所举出的各项根据，完全不足以定被告之罪，有的适足以证明其清白。现在我将提出确切的证据进行反驳，并请法庭根据我揭露的事实驳回公诉，宣布被告无罪，恢复被告名誉。我不请求法庭当场释放被告，因为控方根本没有找到被告，他们也无从找到被告。

"首先，控方对所指控的对象——我的当事人UFO——的提法'UFO包括其内的外星生物'就是一个错误的、模糊的提法。既称为UFO，就是不明的对象，怎么就知道内有外星生物，将不明之物作为诉讼主体？相反，我有科学的根据可以证明UFO是由各种因素引起的一种空中光学景象。它的生成、运动和消失，是遵循物理学规律的，是可以认知和预测的，其中不存在外星生物，诉讼主体不对，控方在其后的一切指控都失去依据，从而完全不能成立。”

旁听席上有些骚动，审判长敲敲小槌：“辩护人，请对你的说法提出论据。”

向律师从包里取出一本资料，经审判长同意后放在放映机上显示，并加以说明：“这是贝院长家中书柜里一本《研究成果简介》中的一项，编号是‘R号科研成果’。简介内容是用密码写的，我征得金处长同意，用阅读机将它复原为中文，并复制了一份。请大家看屏幕：这项科研的标题是‘关于大气中碟状旋转光学景象（UFO）的形成、运动和预测’，研究者是贝爱仁、卫明礼；报告正文在卫教授家中保险柜中，当然也要通过阅读机才能读，而且内容十分深奥，要用到‘混沌理论’，并不是我这样的万金油式人物可以看懂——也许目前只有两位研究者自己才能彻底理解。但这份简介足以说明‘UFO’是什么性质的东西，而且研究者已经运用他们创立的模式，预测了今年我市上空将出现的飞碟现象，他们测定今年将出现五次，最后一次将出现在6月21日清晨。他们的研究报告是在去年完成的，而其预测和实际发生的情况完全一致，这是我国科学家的重大成就！”在屏幕上映出《简介》中最后的结论部分，果然和向律师说的一致。

雷队长和小王面面相觑，作声不得，向律师继续侃侃而谈：“控方称星期三上午5点，在高速公路市北入口处，所有车辆和人员都正常和健康，直到6时半贝院长才被UFO劫走，这也完全背离事实。贝院长在这段时间内根本不在场，我至少可以举出两个证据说明这点。”此言一出，全场震惊。

“方才控方出示上午5点在市北入口处拍的照片，贝院长站在车边，辩护人不是也看了，并未表示异议呀？”审判长从震惊中开始恢复过来，问道。

“这张照片我也有，只是我比控方看得更仔细一些。”向律师取出照片，放进映射机，屏幕上又出现那张照片。向律师用激光笔点着贝院长的形象

说:“请大家注意,照片是在上午5时拍的,这时天已亮了,所有物件都在地上留下影子,只有贝院长没有影子,说明这只是个虚像,不是实物。我经过仔细分析,认定这个虚像是从粘贴在汽车上的两个小发射仪中发出的光线组合而成。”向律师用激光笔点了一下汽车上两个小黑块说:“应该说,停车的位置选择得很巧妙,后面正好有一块背景,可以衬托出这个形象来。我在肇事现场破碎的车身上并未找到这两只发射仪,说明有人已将它取走。另外,这台全息照相机很高级,每一微点上都录下热量值,对它进行红外分析,每个人都因散热而留下形象,而贝院长位置处没有痕迹,也可说明这是个幻象。”

“这、这……”雷队长和小王张开了嘴,已说不出话。

“我还可提供另一确证。这是从破碎的轮胎上取下的八块橡胶碎片,是长城公司出品,PL—21型塑料。这种人造橡胶具有记忆功能,它能记住一段时间内承受过的压力,由此可以算出轮胎受力值。我利用AE仪测定了每个轮胎所受的压力。贝院长这台车四个轮胎总承载力为315千克。我查到顶峰—400型全塑车的自重包括电池是300千克,贝院长体重可在体检表中查到是75千克,即使不计任何其他所带物件,车子全重至少应达375千克,其中差别无法解释,只能说明车子是空的!卫教授那辆车四个轮子总的受力为371.8千克,卫教授体重55千克,就符合常理了。另外,汽车黑匣子上也记有轮胎压力,虽较近似,也和上述结果符合。一切证据都说明在高速公路上行驶的第一辆车是空车,因此也根本不存在被告把汽车中的人劫走的事了。”

“我提问,”小王中气不足地举起手,“如果说贝院长不在车中,车子怎么行驶自如,在路上贝院长又怎么和后面的人谈话的?”

“你的问题不像是新世纪刑警所提的。顶峰牌轿车装有最先进的自动驾驶系统,可以按照预设的程序行驶和随机应变,也可遥控操纵。至于在行驶中几个人的谈话,你是否注意到贝院长的发言很少,别人问他的话他也不答,语气也很不自然,用不着进行细致的语音分析,也可判定是事先拼凑成的录音播放。”向律师胸有成竹地播放车中对话的录音，又放了一段贝院长平时的谈话录音，果然听得出两者差异。

“现在讲到6点半的情况，控方所描述的过程，全是出于想象的虚构。我已查明，闪光是点燃一种特殊的发光剂形成，在第二辆车车顶残片上还留有发光剂燃后的遗留物。后面车中两位助手的昏迷，是有人在他们车中暗放了一个装有致幻剂的盒子，并准时遥控爆裂盒子，释放致幻剂所致。这是从盒子上割下的一小块，从粘附的残留物分析，我已测定它的化学分子式，它能迅速使人短暂失去知觉。盒子保存在公安局处，不难再作详细分析确定。”

“那么，卫教授发出的惊呼和求救声又怎么解释，也是伪造的吗？”审判长情不自禁地问。

“这只说明卫教授在那时候说了这几句话，并没有更多的意义。如果每个人说过的话都代表事实，这世界上就不存在罪恶了。现在我再解释下去。汽车不是被UFO劫持上天又丢回地上的，而是自行驶上草地的。两辆车的黑匣子都已找到，信息都已解译出了。里面记有行驶方向、高程和速度的全过程，沿时间做个简单的积分，我们就得到两辆车的行驶路线图。”屏幕上出现一张地图和两条曲线：“前一辆车从高速公路进入岔路，再在这里驶上草地，在6点32分51秒刹停。第二辆车也沿相似路线驶到这里刹停，时间是6点33分8秒。在6点36分两只黑匣子都受到极大震动而停止工作。我认为在这3分钟时段里，足够一个人从车子中走出来，关上门，引爆车内炸药，然后再跑到这个地方，俯卧在地，装成被外星人从空中掷下的姿态。至于车身为什么会被炸得粉身碎骨，这和PL—21型塑料的特性完全不符，我捡取了一块碎片，做了详尽分析，认定有人在它表面喷涂了一种强烈制冷剂，改变了材料性能，成为高度脆性材料，一旦受到强烈震动便会粉碎性解体。我在卫教授书房里找到一本介绍这种制冷剂的产品说明。”

“你是指卫教授……这一切都是卫教授干的？那，贝院长现在又在哪里？”审判长的语音已很不自然。

“这不属于我要辩护的内容，似也不属于‘涉外’法庭的任务，而应该移交给正常的‘涉内公检法’去办理。我相信我的辩护将有助于‘涉内’的办案。总之，控方说，被告以地球人尚未掌握的技术制造了这一案件，我提出的辩护说明这是由地球人利用他们掌握的最新技术制造了这一案件而且嫁祸于被告。我请求法庭以事实为根据、以法律为准绳，宣布被告UFO无罪，恢复名誉，还它清白。”

审判长迟疑了片刻，问：“控方对辩护意见有什么提问或异议？”

雷队长站了起来，他又一次陷入窘境。半晌，他吞吞吐吐地说：“对辩方提出的证据，还要作进一步研究鉴定，现在提不出意见。”

审判长和陪审员们商议了一会儿，回席宣布道：“本模拟法庭经过合议，认为控方指控被告犯有劫持和伤害人质罪，证据不足。辩方提供的论据充足可信，法庭予以支持，故判定被告UFO无罪，恢复名誉。其他事项移转常规法庭审理。如不服本判决，可在半个月内向上级‘涉外’法庭提出抗诉。”

七、回到现实世界

在涉外模拟法庭判决后不久，雷队长又一次来到向律师家中，向他承认经过几天来的调查落实，向律师提供的资料和论据都是正确的，案件性质起了本质性变化。公安局领导经过商议后，打算拜访向律师一次，进行恳谈，并听取他对下一步工作的建议。向律师犹豫了一下，就同意了，并商定在次日下午见面。

公安局刘局长、马副局长、雷队长、几位侦缉骨干和安全部的金处长都来了，小王则忙里忙外地做准备和服务工作。向律师也让小保姆准备了干点和茶烟迎接“苏格兰场的朋友”们。

会上，刘局长轻咳一声说明来意：“向律师，这次UFO一案，有赖你的智慧和努力，得以显示真相，破除迷障，对我们帮助至大，今天我们登门拜访，首先就是来向你表示诚恳的感谢！其次呢，我们组织了一些骨干，特地上门受教，专程来学习你的思考道路和科学分析方法，提高点水平嘛。那三呢，现在案情虽基本上已大白，但还存在好些疑点，在处理上更有些困难，我们也想来听听你的建议，你不会拒绝吧？”

向律师取下烟斗，谦虚地说：“刘局长，您过谦了。这次案件的侦破，确实比较顺利，但那不是我一个人的功劳。我想，主要依靠两条。这第一条嘛，还是群众力量大。您想，如果小戴不在高速公路进口处拍下那么一张全息数码片，我能发现贝院长只是个虚像、从而奠定以后一切推理的基础吗？如果小冀没有把星期三晚上讨论时大家的讲话全录下音来，我怕至今也解不开这A2号文件之谜。再说，是雷队长和小戴详细告诉我顶峰牌汽车和长城人造橡胶的许多特征，才触发我的灵感，想到可以利用材料的性能获得重要信息。还有呢，小王找到了那两只至关重要的黑匣子，当然更是立下大功的啰。”向律师从《福尔摩斯探案全集》中已领悟了不少关系学和社会学的精义，得体地把功劳分摊在公安人员身上，还不忘记提醒一句：这又是离不开刘、马局长平时的培养，因此在座的人个个满意，频频点头。刘局长高兴地说：“向律师，你这才谦虚呢！那么请教你，你依靠的第二条又是什么呢？”

向律师嘿嘿地干笑了几声：“这第二条嘛，还是要感谢柯南道尔爵士和我的老师福尔摩斯大侦探了。事情也许是巧合，柯南道尔要不是那样写，引发出我要为福老平反的念头，恐怕也不会这么顺利……”

向律师的这几句话却使众人陷入迷惑。他看到大家都瞪着他，便改变话题：“这问题以后有空再聊吧，各位今天要我说点什么具体的呢？”

“向律师，就请你说说，你是什么时候、怎么会怀疑卫明礼的？又怎么一步一步掌握线索识破假象的，好吗？雷队长一开始就要我好好向您学习，可我没有利用好这个机会。”小王忍不住抢先发了言，他现在对向律师真是五体投地的钦佩了。

“好孩子,你今后的机会多的是。要说在这个案子的侦查上,我比其他同志有一个优势,就是我从来不曾相信过有什么UFO和外星人,我一直认为所谓UFO是个可以查明的光学现象。所以当表面现象显示这是外星人干的事,舆论上也众口同声认同时,我仍然经常问自己一个问题:如果不存在外星人,这事又是如何出现的?所以在去现场的路上,当我看到小戴拍的照片后,就较快地发现贝院长只是个虚像。从那时开始,我已断定这是一件人为阴谋,但还没有落实主犯。我想,主观上存在‘这是外星人干的’想法,就等于自动解除了武装,也是影响许多同志取得成功的主因。”

“小冀和小戴给我介绍星期二晚上开会和第二天早晨发生的情况时,我有两个问题疑惑不解。一个是,为什么两个年轻人都会睡过头半小时,两个人的表都会慢半小时,这显然是不正常的。那么是谁进行了干扰?如何干扰?目的又是什么?第二个问题是:贝院长为什么要求带上A2号文件?这是和上京汇报毫无关系的文件,这件事总得有个说法!”

“第一个问题比较容易想出答案。讨论会是在卫明礼家中开的,因此最可能的就是卫明礼做的手脚。办法很简单,只要在他们的饮料中下些药剂。要知道,自从‘超分子药物’问世后,现在已能精确控制药物在人体内的流动、吸收、释放、起效、排泄的过程。因此,我在卫家检查时,特别提取了各人咖啡杯中的残液,化验结果,果然在两个助手喝的咖啡中查出有‘可控咖啡因’的成分。此外,卫明礼也容易在客厅中施加磁场,影响手表功能,这对他这位科学家来说,不是件难事了。”

“这样做的目的是什么呢?很显然,他要使两个助手在次晨很仓促地赶到高速公路入口处,而不能有多停留一会儿的时机。利用虚像骗人是容易露出破绽的。所以两位助手匆匆赶到路口时,卫明礼立刻向他们走去,挡在他们面前,示意停车,斥责他们。他们只能模糊看到贝院长身影,并立刻奉命进车上路。但已留下了贝院长站在车旁的印象,这正是卫明礼要达到的目的。”

“关于A2号文件的问题,一直困扰我到最后 我反复放听小冀录下的讨论中各人的讲话，我发觉贝院长讲的是‘把A2号报告也带去’，是小冀误解为A2号文件，我设想贝院长讲的是另外一份研究报告，但查遍资料，并没有编号A2的报告。后来我猛然想起，我去贝家和老人们闲谈时，我发现他们都是南方人，是我的同乡。我们那儿的口音，R的发音极近于A2，于是第二日我立刻去研究院重新细查。虽然保密类报告从标题到内容都是用密码的，但编号却正常。我很快查到有个R号研究报告，并征求办公室同意后在阅读机上读到了其简介。啊，这正是解释和预测UFO的报告，是贝爱仁和卫明礼合作进行的秘密课题，完成于去年底。我才恍然大悟，贝院长想把这一成就也带去汇报，但卫明礼要靠它作案并嫁祸于UFO，怎能同意呢。在贝院长书房中已不见R号报告，估计已被卫明礼取走。如果卫的阴谋得逞，他一定要设法把研究院档案室中的原件也销毁的，使UFO之谜不为人知，以掩盖他的罪行。”

“但是在那天晚上十点前后，贝院长和卫明礼为什么又通知我们把A2号文件带去呢？”小冀和小戴几乎异口同声地问。

“这与贝院长无关，是卫明礼的又一伎俩。当时小冀把R号报告误解为A2号文件，贝院长也未澄清，卫明礼后来想到可以利用它制造个假象，使人相信在10点前后贝院长和他分别在自己的家里。实际情况是，小冀小戴离开后，贝院长就昏迷了——他喝的咖啡中下了很重的药剂。卫明礼在‘处理’了贝院长后，就驾了贝的车去贝家，上楼进房，在五合一机上写下短消息，按下发送钮，但用一滴延时胶粘住，要过若干时间才自动熔化，使按钮弹起发信。按钮上残留的‘蜡烛油’可以为证。然后他取了文件，在卧室中制造了贝院长曾回来睡过的假象——只是他不了解贝的生活习惯，露出不少马脚就是了。然后他关上门，下到车库，在汽车里做了些手脚，包括贴上发射仪，在自动驾驶仪中输入指令，破坏了车身的强度，再溜出贝家——估计是从后门出来的——打个TAXI，神不知鬼不觉地回自己的家，并打电话给小冀、小戴，通知带上A2号文件。总之，A2文件只是个道具，要人相信，十点光景他们两个人都在自己家里！”

“这台五合一电话有定时发信的功能，卫明礼为什么要用定时胶，多此一举呢？”小王不解地问。

“唉，小王，卫明礼的目的是要使人相信，十点光景贝院长好好在家里发短信，如果用了缓发功能，就记录在电话里，被人一查，就露馅了。凡事都得多想一想啊！第二天的事也很好想象，清晨，卫明礼用遥控手段启动了贝院长的车，开出门来与他会合，再去高速公路。从黑匣子的资料解译，贝院长的车先开到梅岭广场。卫明礼也开到广场，然后一先一后，由卫明礼操纵，同去市北高速入口处。在那里，卫明礼选择和调整了贝院长车子的位置，也许还调试了发射仪，使形象逼真。然后就等着助手到来，共同驶向盘岛岔口。

“卫明礼严格要求助手们在5点到达，因为只有这样他们才能在6时半飞碟出现时刚巧驶到盘岛岔口——他选好的作案地方。到了岔路口并看到飞碟后，他按预定步骤，发出惊呼求救信息，将车驶入岔道，点燃车顶的发光剂，引爆助手车中他暗藏的塑料盒，释放致幻剂让助手们昏迷。然后他驾驶着两辆车，沿这条暂不通行的公路开上草地，分别停好。他下车、关门、引爆炸药炸车，还焚烧了草地边缘，掩盖汽车驶过的痕迹——其实还是留下许多痕迹的。我们如把从黑匣子里的资料复原出的汽车行驶线和录音配合放一下，几乎可以准确重现这一过程。最后，他找了个合适的位置，给自己注射了一针，再伏倒在地，完成了全套设计。”

“我在现场的检查是有针对性的。我取得轮胎的碎片，以证明第一辆车中是没有人的，我取了一些车身的碎片，要证明材料已被脆化处理了。我寻找第一辆车车门处的残片，证实上面确有粘贴过发射仪的痕迹，那两台发射仪肯定被卫明礼掩埋或销毁了。第二辆车顶的残片上则留有发光剂点燃后的粉末。我在卫明礼卧倒处检查，那边留有很深的脚印，说明他是站了不少时间再倒下去，而不是从空中被掷下来的，我还在附近找到一只空的注射瓶，知道他为自己注射了一种‘超冬眠灵B’的药剂。我在贝家主要检查文件的目录，五合一机上的按钮，注意卧室中的异常，在卫家主要查咖啡杯的残液，地下室的浴缸……这样就事半功倍了。”

八、不幸的结局

向律师一口气讲了半个多小时，大家鸦雀无声地听他把案情一步一步地说清。在向律师停下来喝茶时，雷队长以不安的口气问道：“那么，贝院长是留在卫明礼的家里了，卫明礼是怎么‘处理’了他？听你口气是凶多吉少了？”

向律师沉默片刻，又喝了一口茶，阴郁地说：“我实在不愿意把噩耗告诉你们，更不知如何去告诉两位可怜的老人和一位孤儿。但事实是无情的——这不是估计和猜测，而是有确切的根据，我们的第一流科学家贝爱仁院长已惨遭毒手，不在世上，他已化为细灰了。”

“那天在小冀、小戴走后，贝院长就昏迷了。卫明礼把他拖到地下室卫生间中。贝院长是个魁梧的人，卫明礼一定搞得筋疲力尽，在台阶上我还捡到一个从贝院长西装上落下的纽扣。他把贝院长放进大浴缸中，又从工具间拖来两只钢瓶，这不是氧气瓶，里面装的是液氦。丧心病狂的卫明礼把它灌入浴缸，贝院长的身体被接近绝对零度的液体浸泡，顿时完全脆化。我很难设想当时情况，想来是烟雾腾腾，所以卫明礼还换装了一台大马力抽气扇，还穿上御寒服。最后卫明礼用哑铃把遗骸击成粉末，这已是不难的事，并用水冲走。现在下水道还不畅通，你们可以把它卸下，里面一定有尚未冲尽的灰，甚至有个别骨粒。在浴缸底也有些沉淀的灰，我已捡取一些，送去做DNA鉴定了，可以和贝院长的记录对比，我敢肯定一定完全符合。卫明礼一定对浴缸表面涂过一种防护剂，能抵抗极端低温，但缸身还是受到严重损伤。对于两辆顶峰牌汽车，卫明礼也在车内喷涂过某种低温材料，使之极度脆化，在承受剧烈爆炸时就解体为碎片。但究竟用了什么制冷剂，还有待分析碎片后确定。总之，这是一件精心设计、充分利用高新

罪犯
死罪

技术的刑事大案，看来卫明礼已经策划设计了很长时间。估计在去年底，贝院长和他完成R号研究，能够精确预测飞碟的出现规律后，他就开始设计这一计划。他一定有一个周密的行动计划，做了多次调整试验，最后决定利用去京汇报的机会实施，并嫁祸给UFO。我在研究院的人事档案中查知，卫明礼有个亲戚在京任高职，就是他们的顶头上司。卫一定向这位上级建议，安排一次会议，听取他们的汇报，而且采用临时通知、限期到京的办法，使下面仓促照办，一切都按照他的计划进行。”

大家沉默不语。半晌，金处长叹了口气说：“卫明礼这么做图个啥啊？他现在已是和贝院长齐名的科学家了。据我所知，他平日与贝院长也配合良好，是一对好搭档，更无宿仇旧恨。他年龄又轻、后台有人、前景无量，他这是为什么啊？”

向律师又拿起烟斗玩弄：“这个嘛，就不是科技问题而是心理学和社会学的问题了。我阅读了他们的档案，卫明礼在学术上确实已奠定了基础，但与贝爱仁比，他只能处在第二位。不论是学术造诣、道德作风、特别是群众口碑上，他都远逊于贝。如果卫明礼想做个真正的学者，以探索科学真理为人生目的，贝院长可以成为他的良师挚友；如果卫明礼有个人野心，贝院长就成为他必须扫除的障碍、必须消灭的敌人。因为很清楚，只要有贝在，他就不可能是首席专家，不可能当上正院长、晋升为副部长甚至更高。研究院最近推荐副部级领导后备人选时，不是提了贝而没有他吗？科学技术再发展，也解决不了人的思想问题，甚至会被人利用，作为干坏事的手段。”

座中发出几声轻微的叹息。刘局长轻咳了一声，试探地问：“向律师，通过你的补充介绍，作案人、作案动机、作案事实都很清楚了。我们也已掌握足够证据，可以申请拘捕卫明礼并移送检察院。但是我们上午刚从医院回来，卫明礼仍十分虚弱，不时昏晕过去，根本不能离开病床——这不像是伪装的。医护人员还说，这外星人真厉害，把人折磨成这个样子。我们只能等他清醒和能下床时才能拘捕他。另外，上级领导找过我们，说到贝爱仁和卫明礼是当前我国该领域最杰出的学术带头人。现在一个失踪、一个重伤，要求我们千方百计寻回贝爱仁、抢救卫明礼，否则将带来不可估量的损失。实际上，贝已经死亡，卫犯了蓄谋杀人重罪，手段特别残酷，应当判处极刑。这一来，在学术上损失太大。我们商议后，建议在卫被捕后，指定你担任他的辩护人，希望你能帮他找一条活路，让他尽量坦白、立功，加上你的辩护，留他一个立功赎罪、发挥余热的余地！你能不能接受？”

这回轮到向律师沉默了。良久，他把烟斗丢在茶几上说：“给卫明礼辩护要比给UFO辩护难上万倍哪。而且判决后果也可想而知，善有善报，恶有恶报，法律是无情的，上帝是公正的啊。另外，我怕我没有机会给卫辩护了。要知道，为了把骗局演得逼真，卫明礼在倒地前给自己注射了一支‘超冬眠灵’的针剂。这是最近研制出来内部控制的药物，也是一种超分子制剂，能使人在指定时间内陷入类似冬眠的状态。但卫明礼目前的情况显然已超过演戏的要求了。我到医药中心去调查过，卫明礼是拿了研究院和贝院长的亲笔介绍信去购买的，介绍信里说卫要进行一些特殊的动物试验，需要购买这一药物。医药公司的人说：超冬眠灵有A、B两型，分别适用于人和动物，后者强度大于前者十多倍。看来卫明礼误用了B型。我猜测，卫是从科学报道中知道有这种新药，并知道注射一针的有效期为三天。由于购买这种药需要单位和领导的介绍信，就佯称要做动物试验而骗取贝院长写了介绍信，但他不知道人和动物的药剂是不同的呀！这真是害人害己。医院里虽也给病人验血，没想到有这种情况，只做常规检查，就未发现真相。我带回一点血样，则做了全化学分析，其中超冬眠灵的含量已超过常人最高耐量的十多倍。卫明礼很可能死在医院里，即使保住性命，人脑恐怕也不顶用了。所以这不是我愿不愿意给卫明礼辩护的问题，而是我有没有这一机会的问题。”

刘局长的手机响了起来，局长取来听着，嗯嗯了几句，回过头来向大家说：“向律师又一次说准了，医院来电话说，卫明礼已脑死亡，问要不要继续抢救，我看不必了吧。”

一直正襟危坐着的金处长最后说：“我建议我们回去协商一下，案情虽然清楚，但太特殊了，影响也极大。从全局考虑，是隐瞒真相，仍把一切推给UFO，以免引起社会太大的震动为好，还是把一切真相披露于众为好，我们要选择一个害处最轻的方案，报上级批准执行。如果万一为了国家利益，决定隐瞒真相，那么作为纪律，知道情况的人严禁向外透露消息！”

九、尾　　声

向律师把众人送到门口道别，小王却留在最后。他悄悄拖住向律师低声问道：“向律师，你说你侦破此案得助于为福尔摩斯平反，这是什么意思啊？”

向律师笑了一笑，拍拍小王的肩，也轻声说道：“记得上星期四上午你和雷队长来这里告诉我案情时，我说过的话吗？我说我正在续写福尔摩斯探案。其中有一个叫‘蒸发了的被害人’案，是华生医师作为福尔摩斯失败的案例留下的。我精心构思了案情，让那个被害者根本不在现场，人们看到的仅是罪犯巧妙构筑的一个假象。我仔细设计了案子的结构、罪犯的手法、福尔摩斯不信邪的侦破过程，凑巧竟和卫明礼案基本相符，这就使我工作起来得心应手啦！小王，看来冥冥之中还真有天意啦。”

“啊，原来是这样！向律师，如果公安部真的决定把案子推诿给UFO，那你怎么办啊？”

“我认为国家不会做出这样的决定，如果真出现这种情况，那就是卫明礼说的，‘谁官大听谁的’嘛。不过我会找人写一部《向律师探案集》的，这第一篇就叫‘UFO的辩护律师’吧。”

雀巢梦

小强遇见了外星人

太阳已经下山，华小强却没有回家。他闷闷不乐地走进了中央公园，无目的地在园中溜达。

他满脸懊丧，差一点要哭了出来。在这次全市少年象棋循环赛中，他做梦也未想到会在第一轮中就被江北中学的一位无名选手斩于马下。为了夺取这次棋赛冠军宝座，小强可没有少投入：他荒废了学业，停止了体育锻炼，还在同学间吹上牛皮、父母前夸下海口……而今，连出线都已渺茫，遑论冠军！叫他日后有何面目见人！

小强叹了口气，在脑子中又复起盘来。这局棋，从开局到中盘，他都下得不错，一直占先，可是对手走出“马兑士”这一招后，他猝不及防，陷入苦思。他虽然作了各种分析，但局势变化太多，时间又限制他不能再思考下去。他终于下了一步臭棋，从此就陷入被动，终于招致全面溃败。其实，只要多给他 5 分钟，仅仅是 5 分钟，他完全可以算得清楚，走出绝招，置对手于死地。小强想到这里，不禁用拳头狠狠地敲打自己的脑袋。

湖畔亭附近，他摸出一枚硬币，投入自动售货机，取出一块冻得很结实的“雀巢”牌雪糕。他走进亭子，坐在长椅上望着暮色中的湖景发怔，连最爱吃的“雀巢”雪糕也不想进口了。他的眼前忽然一亮——那是什么？啊，在西北方的天空中出现一团光芒，渐渐飞近。飞碟！他看见了飞碟。这是个发光的、高速旋转的扁纺锤状的物体，全身呈橘黄色，和一些报道中描述的完全一样。

他看见飞碟飞到湖中心，迅速下降，然后消失得无影无踪。小强赶紧奔到湖边，但那浅浅的人工湖面波平如镜，哪里有飞碟降落的丝毫踪影？小强反复揉揉眼睛，还是什么也没有发现。“一定是眼睛发花了，出现了幻觉。唉，人要倒霉，鬼也来欺侮！”他喃喃自语，回到亭子里，靠着亭柱在长椅上躺下，又陷入沉思之中。

这次他想起更多的往事——都是些令人心碎的记忆。比如说，在期中考试时，数学老师出了道特难的附加题。老师说，是摸摸同学们的底。绝大多数同学看来都被难倒了，但小强刚巧从一本参考书上看到过这道题，而且把答案抄在他的软皮本中，只是在考试时，他再也想不起那个巧妙的解法。抽屉中就放着那本软皮本——只要给一分钟，让他拉开抽屉，翻开软皮本看上一眼就行！可是无情的现实就不能通融他一分钟，他终于在附加题栏中交了白卷，而“数学奇才”的荣誉称号竟戴在他最看不起的“小袋鼠”头上。是可忍，孰不可忍！

他又想起在上个月举行的校际足球赛中的惨痛经历。原来小强还是个全面发展的三好学生，不但功课成绩总在前几名内，体育上也是一员健将。他是校足球队的主力之一。在那次足球决赛中，他们和南华中学拼得你死我活。在终场前5分钟，一位队友将球突然传到他面前，这正是绝好的破门机会。但是球来得太突然，小强没有时间犹豫和思考，举脚一记猛射，可惜方向差了那么一点点，球被射上了门柱弹出，失去了挽回颓势的最后机会。散场后，小强觉得每个人都在讥笑他或谴责他。在那紧要关头，只要让时间迟缓一秒钟，让他看清来球线路和门柱位置，他定能采取正确方向一举破门，成为大家欢呼惊叹的英雄。唉，就差了这一秒！小强想到这里，不禁失声叫道：“谁能给我一秒钟，我宁愿还他一年的寿命！”

“是谁愿意拿一年寿命去换一秒钟呀？”在他背后忽然响起陌生的声音。

小强吃了一惊，跳起身来，发现有位穿着灰色便装、满面红光的老人站在他背后，用慈祥的眼光打量着他。小强红着脸，结结巴巴地说：

“老伯伯，晚上好。我不知这里有人呢。方才我正在自言自语，打扰了您啦。”

老人微笑着拉他坐在身边，亲切地说道：“没有。孩子，你到底为什么苦恼？告诉我，也许我可以帮助你呢。”

小强不好意思兜出他的失败记录，只是支吾地说：“老伯伯，我觉得世界上时间这个东西太刻板无情了，既不能倒流，又不能像水库那样调节。如果能像一些科幻小说中写的那样，在必要时能把时间拉长些，不必要时就缩短些，那该多方便。”

“你说的是……”老人口中说出一个长长的外国词，小强没有听懂。“这么说，你们这里还没有发明时间调节技术啊。”老人解释道。

“我们这里？”机灵的小强听出了问题，他望着老人说：“你不是这里人？你是外国人？从哪个国家来的呀？”

老人由于失言有些窘迫：“对，我不是这里的人，我从哪里来，你可以不必管，反正我们可以交上好朋友的，是吗？”

小强警觉起来，他仔细打量老人。他发现老人虽然化装成中国人的样子，但一双眼睛中射出奇异的光。小强摸摸老人的衣服，衣服的材料既非绸也非布，而且没有任何裁剪缝纫的痕迹。最后小强还发现老人两耳边露出短短的天线，和科幻电影中的外星人完全一样。他激动得叫了起来：

“我知道了，你是外星人！是从方才的飞碟中来的。是不是？你说呀！”他使劲地摇着老人的手。老头子处在下风了，他拍拍小强的肩：

“真是个机敏的地球孩子，会看穿我的来历。好吧，我承认我是外星人——嗯，应该叫外宇人。这样，你该满意了吧。你看，我不像你们小说中描写的外星人那么可怕，要奴役地球；我也不那么丑恶，像条大章鱼那样！”

“我想你是化成了我们的形象，但实际上你是另一个模样吧？”小强问。他心中想起古老的传说：化成美女的白蛇精和青蛇精。

“形象是相对的，从一个宇宙到另一个宇宙中，形象就变了。我来到你们这里，就和地球人一样了。孩子，你怕我吗？”

小强陷入高度兴奋之中，他拉住老人的手叫道：“我不怕，一点也不怕，我要和你交朋友。”

老人高兴了：“很好，我们会成为好朋友的。交朋友总得有点表示，”他取出一支绿色的笔插在小强的口袋中，又解下腕上的手表递给小强，“这支笔是送你的小纪念品，它永远也写不完，是支名副其实的万年笔。这块表借给你戴一下，它会解答你的问题。来，孩子，把你的手表给我。”

小强接过外星人的手表——那是块十分精巧复杂的工艺品，而他的表不过是块最廉价的电子表。他高高兴兴地换了手表。但老人没有把电子表戴在自己手上，而是挂在亭柱的一只小钉上。小强不明白这是为什么，也没时间问。他向老人提出了连珠炮般的问题：“老伯伯，你是从哪个星座上来的？是仙女座还是猎户座？离地球多远？你们是乘飞碟来的吧？飞碟在哪里？……”小强仿佛有问不完的问题，急待得到解答。老人哈哈笑了起来，打断了他的话。老人说：

“孩子，你得让我一个个回答呀。夜色这么好，我们何不边走边聊呢。”老人牵着小强的手，沿着湖边慢悠悠地散步。“我住的地方既不是仙女座，也不是猎户座，也不是任何一个星座，我生活在另一个宇宙里。”姑且叫它为u-0宇宙。它离你们这个宇宙其实并不遥远，可以说是近邻，只是隔着一道神秘的屏幕，过去没有谁能穿越罢了。

“我们一共来了12个‘人’，到地球也已经有……怎么说呢，用你们的地球年计，已经满一年了。”

“这么久了，你们来干什么？”

“友好访问嘛。”老人脸上又浮起一丝微笑，“在我们那个宇宙里，也有亿万星系。可是，能孕育高级文明的条件太苛刻了，在极漫长的时间里，我们没有在自己的宇宙中找到另外的智慧生物，于是就向外宇宙搜索。我们已发明了能穿越宇宙间屏幕的技术——时空隧道穿越技术。我们首先来到你们这个 u−15 宇宙，发现能孕育智慧生物的概率也一样微小。侥幸的是，我们在不显眼的地方发现了太阳系和你们这个小小的地球，发现了地球人——具有真正文化的文明人。当然和我们的水平相比，还差 8 个数量级。为了防止出现意外，在建立友谊交往以前，我们 12 个'人'先留在地球上调查了解。我被派到你们所谓的东亚地区。一年来，我搜集了你们大量的历史地理资料，学习了你们的语言文化生活习惯，正在考察你们的政治、经济、法律、社会的种种特征和科学技术水平，你们大致处在文明进化的初级阶段。再有一年时间，我们就能完成调查任务，回去交差了。"

"老伯伯，你不要急于回去嘛。对了，你叫什么名字？"

"名字？我们已很久没有这个概念了。这样吧，你不是对时间很有兴趣吗，就叫我'时间老人'好了。"

这样，话题又转回到时间问题上，小强缠着要时间老人讲解时间调节技术。

"孩子，这是个简单的问题。时间本来不是绝对的，在不同情况下有不同的尺度。我知道地球人已窥见了时间和速度的关系……"

"对啊，我们在物理课上学过的，速度愈快，时间流逝愈慢，这是爱因斯坦教授在相对论中提出的。"小强抢着回答。

"你们能建立相对论，说明地球人已摆脱蒙昧阶段进入初级阶段。"老人赞许地说，"但时间的相对性还远不止于此，在不同的宇宙里，时间尺度也是不同的。"

"不同的宇宙？"

"当然喽，别认为你们这个从大爆炸中产生的宇宙是唯一的，如果是这样，许多事就不好理解了。你们有些科幻小说家已经猜想到这一点了。事实是，有着无限多的宇宙，平行或嵌套地存在，各有不同的时间尺度。像我来自 u−0 宇宙，那里的时间尺度在静止条件下是你们的 15 倍。"

"如果你能自由地在各宇宙间换来换去，你就能随心所欲地调节时间了。在我们的星球上，早已突破了这一技术，制成了‘时间调节仪(TRM)’，差不多每人都戴上一个，就像你们戴手表一样。当然，使用TRM有严格的规定和限制，正像你们在跳高比赛时不准在鞋底上装弹簧一样。”

“TRM是个什么样子呢？能让我看看吗？”小强请求道。

“好孩子，方才给你戴上的那块表，就是我的TRM呀。”

“时间老人伯伯，求求你教会我怎样使用它吧。”小强兴奋得有些急不可待。

“简单极了。你按下这个红键，你和你指定的区域就进入转变阶段，然后你调整这个钮，往右转是时间延长，例如你转到100档，TRM就把你送到另一宇宙中，那里的100秒等于地球上的一秒，向左转，就是时间压缩了。”

“啊，多么不可思议！我简直难以想象！人能从一个宇宙穿到另一个宇宙中去。”

“你觉得不可思议吗？”老人思索了一会儿，解释说，“你们地球人不是常做梦吗？这梦境就好比是另一个宇宙。你睡熟后，就进入这个宇宙中去了。在梦中，你可以做很多事，过很久的岁月，但醒来后，当你回到原来的宇宙中，你发现只不过经历了几小时而已。TRM的作用就是让你迅速进入一种‘梦境’，它的时间尺度是你预定的。当然，这和你们的梦境有本质区别，因为你的梦境是个虚幻宇宙。你在梦中过了几十年，醒来时并不会变成老头子，而TRM不但可以把你带进虚境，也可以把你带进现实的宇宙。”

“啊，我懂了，我理解了，你的比方真好。在我们的语文课中，老师讲过一个‘黄粱梦’的故事，说有一位书生，在旅店里遇见了仙人，仙人借给他一个枕头。他枕着睡熟后就梦见自己做了大官，出将入相，生儿育女，享尽荣华富贵几十年。后来，时去运转，家破人亡，惊醒过来，原来做了个梦，店主人蒸的黄粱饭还没有熟呢。可能这仙翁就是你们这种外宇人，那个仙枕就是个TRM吧。”

“你们有这么美丽的传说，真了不起呀！好孩子，看来你已经相信我所讲的一切了吧。”

“时间老人伯伯，你让我试一试TRM好吗？我求你啦。”时间老人又慈祥地笑了起来，他摸摸小强的面孔：“孩子，我们边说边走，已经绕这湖走过一圈了，你说我们已花了多少时间？”

“这个我知道，平常我们走一圈总要花30分钟左右。”

“很好，”老人携着小强的手，走回亭上，取下挂在柱子上的手表，“你再看看。”

小强记得很清楚，他和老人换表时是8点整，但现在手表上显示的是8点零1分，小强惊呆了。老人这才告诉他，在他戴上手表时，老人已经按下红键，而且把调整旋钮旋到30上，所以他们虽走了30分钟，在现实世界中却只经历了1分钟。时间老人用这种实际经历来说服小强，使他理解时间的可调性。

“孩子，今天遇到你，我很高兴。我们永远是朋友了。你父母一定正在牵挂你。你应该回去了，你对任何人都不要透露我们已来到地球的情况，千万保密。来，让我们换回手表吧。”

小强恋恋不舍地解下手表，但仍抚摸着那块神奇的TRM不放，他犹豫一会儿，终于咬咬牙开口：“时间老人伯伯，我请求你把这只TRM借我用一段时间吧……就借一年，你不是要一年后才回u-0去吗？”

小强的要求显然出乎老人的意料，他满脸犹豫，迟疑不答，但小强已下定决心捏着TRM不放，聪明的他已察觉到这位慈祥的外星老人对他颇有宠爱。他便采取在父母面前惯用的伎俩：软磨硬顶，加点撒娇。最后老人果然屈从了，他取过TRM，在表盖背面拨弄了一下，将表戴在小强右手腕上，然后取出一本小书交给小强：

“好吧，孩子，就借你用一年。这本《应用规范》和限制条款，我刚用‘宇宙通译机’译成汉字，还没来得及修饰，读起来可能有些别扭，但你必须细细读它，照规则办事，切勿胡来。明年今天，还在晚上8点，我仍在湖畔亭等你，你必须把TRM还给我，在穿越宇宙屏幕时我必须使用它。”

TRM
象棋奇才

TRM:给人欢乐惹人愁

小强在8点半回了家。父母和老奶奶正为他的失踪焦灼万分,担心他棋赛失利后做出傻事来,见到他兴高采烈地回家,都感到欣慰,还有些意外。小强也懒得回答他们问不完的问题,一头钻进自己的房间,拨弄他的TRM。他拿出那本《应用规范》来看,译文的质量果然低劣,读起来很吃力,又充满教训口气,“不得……”,“严禁……”,小强翻了几页就扔开了。第二天,小强精神抖擞地再次出赛,这次他的对手是夺魁呼声最高的南华中学的邱大魁。邱大魁对这位昨日败将全不放在眼里,一开局就猛攻强杀,小强沉着应战。在关键时候就开动TRM拉长时间,把1分钟延长为5分、10分甚至1小时。他有充分时间研究棋局的种种变化,下起来当然胸有成竹,高招频出,只杀得邱大魁损兵折将,一筹莫展,不得不认输。华小强勇克邱大魁成为这次棋赛中爆出的大冷门。只是小强下完棋出来,竟然昏倒了。原来这盘为时2小时的棋赛,小强实际上消耗了8小时半,这在TRM上有明确的记录。此后,小强越战越得手。他对TRM已操纵自如了。他干脆把许多棋谱都带到体育室中。在必要时他可以自由地从赛场脱身来翻阅棋谱,研究透彻后再回赛场。这一切都在瞬间完成,在地球上的任何人根本发现不了其中的奥秘。就这样,小强一口气连斩15员大将,荣登少年棋王宝座,尽雪前耻。小强顿时成为报纸、电台上的明星和同学眼里的英雄,他总算扬眉吐气了。

小强的欲望升了级,他向成人组提出挑战。在常人看来,这位小棋王有些忘乎所以,不自量力。有些国家级大师表示可以让他两个马,被小强坚决拒绝。小将向国手挑战的新闻传遍全国。在比赛时,小强干脆把一台“袖珍象棋机”带进赛场。一有困难,他就脱身出来把当时棋势输入计算机,让计算机为他计算分析和应招,他再返回应付。所以,那些国手竟也纷纷败在他的手下。当然,这样做小强需要更多的时间,他就带了兴奋剂来使精力保持旺盛。这次较量后,小强的名声震动全国,"天生奇童"、"棋坛怪才"、"一颗灿烂的棋星"……种种桂冠加在他的头上。还有人作了分析,认为小强是500年才出现一个的奇才。小强被捧到至高无上的地位,他的虚荣心得到极大的满足。

麻烦也跟着来了。许多不信邪的高手都要求和小强决斗。小强不得不违背心意地应战。虽然每次他都打败了对手,但他不得不一次又一次地依靠TRM。这不仅大大影响他的健康,而且使他将下棋视为畏途,味如嚼蜡。有时,他也想不用TRM,但他吃惊地发现,他的真实水平在不断下降,不要说对付国手,而且已远非邱大魁的对手了。小强又急又气,但他已爬到这么高,没有后退之路。加上记者、广播、电视媒体人员无休止地采访、录音、摄像,要他谈体会,说成长的道路,还有一篇篇的报告文学,一组组的特写镜头,甚至各式各样的厂家都找上门来,要求小强为他们拍广告片、并许以厚酬……这些应酬使小强实在招架不了。最后他只得发表声明,宣布永远退出棋坛。他终于摆脱了纠缠,但也永远告别了他自幼热爱的象棋。他的举动引起一片惋惜声,人们都想弄清为什么。最后,一位记者写了一篇题为"自出道来无敌手,得饶人处且饶人"的报告文学,为这位"流星般的棋手"所作出的"传奇式决定"作了个总结。

拥有TRM后,小强的学业成绩也像火箭似的上升。他现在一点也不怕考试。他可以在考试中自由地翻书,看公式,抄别人的试卷,甚至可以在考试前神不知鬼不觉地溜到老师家中去偷看试题,抄录标准答案。这就无怪每次考试他总是得满分,把什么"小袋鼠"之流远远抛在身后。最初不断表扬他的老师到后来惊奇万分。小强在志得意满之后,对上课听讲已不感兴趣,和同学们之间没有一点竞争心。他懒得分析、研究,他不愿做乏味的练习,他更不肯去死记硬背。他拥有TRM嘛。他渐渐觉得学习枯燥和无聊。一次次的表扬、发奖状、上红榜已引不起他的一点兴趣,他反而羡慕过去那种拼命竞争的滋味,即使考不过"小袋鼠",捞个第二、第三名也是够味的,那是他真才实学的反映呀。而现在离开TRM,不要说考不过"小袋鼠",连"小耗子"也比他强。和下棋一样,他也被逼上悬崖,没有退路了。但读书与下棋不一样,不可以随便宣布退隐。小强对自己的窘境想不出解脱之道。

小强在体育场上也大显身手。依靠TRM,他能在各种赛场上稳操胜券,成为一个全能的绝对冠军。就说在足球场上,他对任何传到他跟前的球,都能不失时机地踢出最佳的射门,使对方难以扑救。后来,他干脆把一只小计算机带在身边,在必要时,启动TRM,机器能自动测定来球的方向和速度,用"射门公式"算出应踢出的最佳角度和施加的力量。小强只要按此使劲,那球一定能射破对方大门。小强在比赛中也不感到累,因为利用TRM,他的散步速度就可以打破奥林匹克的短跑纪录。必要时,他还可飞出赛场,到外面去休息一会儿,或睡上一觉,喝一杯冷饮,吃一块"雀巢"雪糕,再飞回来参赛。所以他永远显得精力旺盛,愈战愈勇。不过,这样一来,任何体育比赛对他来说也毫无意义和乐趣了。他感到迟早也会宣布"退役"的,退役后他就再也不能摸弄那些大球小球了。

一天天这样过去,小强也不知道已预支了多少时间——《应用规范》中大概记有如何检查的方法,但小强懒得去看。他觉得无所谓,反正他还年轻,以后的日子长着呢。有时,他也想用TRM把时间压缩一下,起点补偿作用。譬如说,他想把每天晚上睡觉的时间从9小时压缩为5分钟。的确,5分钟后他醒来了,发觉黑夜已变成早晨,可是他起身后呵欠连连,打不起精神,只好放弃了这种"压缩补偿"。

还有更使小强烦心的,就是他发现自己的身体、思想、感情都在迅速地起变化。这情况也被他的父母发觉了。有一天晚上,小强走过他们的卧房门口,听见父母在窃窃私语:

"阿华,你觉得小强这些日子有点不对劲吗?"

"唔,似乎有些异常。"

"何止有些异常,我看是很不对头啦!你看他,食欲不正常,好像永远吃不饱似的。身体也猛长,但发育不正常,又黑又瘦,眼睛都陷了下去,好怕人啊！”

“我也察觉到了，我怀疑他得了‘甲亢’症。所以上星期我带他去我们厂医院做了检查。但查不出什么病，大夫说他严重营养不良，发育不全面……”

“天啊，他这么大的食欲，还营养不良，难道要每天吃一头猪吗？”

“小强的思想和品德也有变化啦。他过去多么天真、活泼、纯洁，无忧无虑的，可是现在变得孤独、烦闷，常常垂头丧气，还叹息呢。”

“是不是用脑过度，精神上受的压力太大了？唉，我情愿他不拿这么多的冠军、第一名，不要这么多奖状、奖品好了。”

“还有更糟糕的事呢，”爸爸放低喉咙，“我昨天看到他在对小保姆动手动脚，这哪里是我们过去的小强啊！”

“有这样的事？我真害怕。虽然这一年来，小强得到了无数的荣誉，给我们挣来了极大的光荣，人人都羡慕和夸奖我们，但我总是心神不定。我总怀疑他已不是过去我们的小强了。喂，我说，会不会像《封神演义》里讲的那样，狐狸精吸了人的脑髓，然后附身进去，变成另外一个人了……”

“你说到哪里去了，别再胡思乱想了，星期天我们带他去精神病院好好检查检查吧。”

小强的心沉了下去，脸红了，他赶紧溜回自己房中，躺在床上反思。的确，他的身体一直是快速地但是不均衡地发育着。他永远感到饥饿，特别在动用过 TRM 后，无论吃下多少总填不满饥饿的肚子。他的嗓子变哑了，他的胡子、指甲、腋毛日夜猛长，使他不得不偷偷地经常刮胡子、剪指甲。更糟糕的是，他的思想越来越复杂。他自己也觉得不像过去那样天真纯洁，当他看到大腕们挥金如土讲究享受时，曾萌发过到银行里抢上一捆钞票供自己花用的念头。为此，他还“实习”过一下。当然还不是去抢银行，而是在一次买“雀巢”雪糕时，那小贩的态度很坏。为图报复，他利用 TRH，在极短时间里从小贩的钱盒中抓了几张大钞就走，小贩果然毫无察觉。看来只要他下决心动手，到银行去劫取大量钱财是手到擒来。另外，过去他对女同学从来没有邪念，而现在他总爱用特殊的眼光去偷窥女同学和一些漂亮的少女。他的心会剧烈地跳动起来。幸亏长期以来学校和家庭的教育还起着作用，使他悬崖勒马没做出犯罪的事。但一想到这里，也足够叫他面红耳赤。

小强感到自己已陷入一池泥潭，越陷越深，无法自拔；又像登上一座高峰，下面绝壁千丈，进退都会落入深渊。他举目四顾，只剩下孤零零的一人，不知出路何在。他在极端烦闷、懊丧的心情下沉沉睡去。

时间老人的哲学

越接近一年的期限，小强越加频繁地利用 TRM 延滞时间。但无论如何拖延，总拉不住时间无情消逝的步伐。一年的大限终于到了。小强心神不定地来到湖畔亭，坐在栏杆上发怔。

远处的大钟敲起 8 点，西北方的天际又亮起了光芒，橘红色的飞碟再次准确地下降到湖心，沉入水底。小强睁大眼睛等待时间老人出现。他没有看见什么，背后却响起熟悉的声音，同时他的肩上也感受到轻轻的拍击。

"孩子，你很准时，等在这里了。我们分别了一年，你好吗？"

小强回过头去，时间老人还是原来那个样子，乐呵呵的，丝毫未变。但是老人看清小强的脸孔后，就惊呼一声："孩子，你怎么变成这个样子了，出了什么意外吗？"

"不，没有出什么意外，我只是感到身体不适，精神也不好，可能都是这只 TRM 的影响。我也不要这个玩意儿了，还给你吧。"

"TRM？天啊，我还认为它已给你带来幸福和快乐呢。"老人接过 TRM，看了一下，又惊呼一声："怎么，你竟支用了 15 年时间，怪不得变成这个模样了。"

"预支了 15 年，有那么多吗？"小强也吃了一惊，有些不相信。

"这还能有错？"老人把手表翻了过来，查看了小强的使用记录，他越看越皱眉头，嘴里不断咕噜："这违反规范……这简直是浪费……喂，小强，你读了我给你的TRM《应用规范》吗？"

"我，我……我没有仔细看，那文章不大通顺。"小强红着脸支吾。

"但我告诉过你，你必须看！"老人厉声说，"那文章完全可以看懂，绝对不像你们哼唱的流行歌曲那样狗屁不通！你使用TRM完全违反基本规则，做了不应做的事。谁教你利用TRM去下棋、考试和踢球的？骗了人又害了己。唉，我真后悔不该轻易借给你的，你哟，你哟……幸亏你还没有做出伤天害理的事。"

"伯伯，我承认没有仔细阅读使用规则，乱用了TRM，但我没有去害人，怎么又会害了自己呢？"

"孩子——还是让我叫你孩子吧。你显然还不懂得宇宙间的一些基本道理。这只TRM是科学技术的产物。科技的发展可以使你能做过去做不到的事，甚至是梦想不到的事。但科学技术不能使你无中生有，使你不劳而获，相反，你还得支付一点代价。"

"伯伯，我还不大理解你的意思。"小强嗫嚅地说。

"好，我打个比方你听。假使这里有块一吨重的铁块，要你搬上亭子顶去，你做得到吗？当然做不到。但你不甘心，你就研究发明了滑轮组——这算是地球人最初始的机械吧。你就能够拉起铁块了，你做到了过去不能做的事。但是你必须不断地拉动滑轮的链条，你为此付出的代价——也就是你做的功，不但不比你将铁块一次提起为少，反而要更多付出一点。因为那滑轮中有摩擦阻力呀，这个道理你总懂得吧。"

"TRM能使你调整时间尺度，你可以视需要把以后的时间提前支用，也可以把现在不用的时间存储起来放在以后用，就像你们修水库把夏天的水留到冬天去用一样。你利用TRM可以完成你过去梦想不到的事，但是它不能创造时间，而且在时空隧洞中来往交通时，还得支付时间损耗，正像水库不能创造出水，还会在蓄水放水过程中发生蒸发和渗漏损失一样。你使用TRM越频繁，时间损耗也越大，损耗量是非线性增大的。你耗用的15

年时间中大约有10年就是这样白白耗费了。”

“啊，原来如此！”小强不胜痛心。

“再说，科技成果可以造福于你们，也可以危害你们。正如你们开发了核能，可以建造核电站，也可以制成原子弹。所以必须用规范严格制约科技成果的应用。你用TRM去下棋，赢得了冠军；去考试，获得了头名；去踢球，使对方无从防卫；但这一切并不是你的真实本领，你得到的一切成绩和荣誉都是假的、空的、有害的。你欺骗了对手，欺骗了老师、父母，欺骗了社会，最后也欺骗了自己。这样做，对你有什么好处呢？没有！反而把自己逼到绝境，你再也不能享受下棋之乐，踢球之趣，你再也不能正常学习、拼搏前进了。无论你还有没有TRM，今后你怎么去做人呢？”

“我懂了，我很难过，我好后悔呀！”小强哽咽起来。

老人的脸色渐渐平和了。他让小强躺下，取出一只诊断仪为小强做了全身检查。老人说：“你现在的生理年龄是30岁，心理年龄是18岁半。你的发育不健康、不正常。你已经成为一个不协调的畸形人了。你的智力退化得很厉害，因为你拥有TRM后不肯再动脑筋钻研、分析和综合了。你的体质十分虚弱，多种脏器有病变，因为你拥有TRM后不再进行任何艰苦的锻炼了。你的精神萎靡不振，不像个青少年，而是陷入早衰性老年痴呆阶段，任何药品难以救治。总之，你现在已经是个废品。我想你最好的归宿，是进一个弱智残疾人疗养院去度过余年，同时做些力所能及的事。我会向你父母说明真情，他们会妥善安排你的。哦，时间不早了，我得回u-0去了。愿你好自为之吧。”老人边说边把TRM戴上手腕。

“时间老人伯伯，求求你，救救我。我不愿再留在地球上。我变成这个样子，又没有TRM，我真的变成一堆狗屎了。伯伯，带着我走，带我去你们的宇宙。你们的文明程度高出我们千万倍，你们一定能治好我的病！”小强忘乎所以地叫喊起来。

老人摇了摇头：“我本来确实想带你去u-0作客，然后再送你回来，让你作为我们两个宇宙间的友好使者，但是你现在已毁坏了自己，已不能胜任这一任务了。恕我已无力相助，你还是安心留在地球上吧。只要想通了，走正道，你还是有前途的。我走了。”

任凭小强怎么苦苦哀求，而且紧紧抱住老人的腿不放，可是老人还是走了。他化成一道金光射向从湖底升起的飞碟。飞碟冉冉上升，顷刻间消失得无影无踪。小强抓了个空，跌倒在地，还在绝望地呼喊和挣扎着。

“小强在这里呢，快来呀！小强，小强，你是怎么啦？醒醒，快醒醒！”小强耳边响起了妈妈亲切的叫声。妈妈还抱起了他。接着他又听到好些人的声音，他们都赶了过来，围住了他，不断地叫他。

“小强，你怎么会跌倒在湖畔亭边的，做了噩梦吗？快醒来，家里为了找你，已走遍全城啦。”这是爸爸的声音。

“小强，奶奶的好孙子，输了盘棋有什么了不起的，快跟着奶奶回去！”这是奶奶呜呜咽咽的声音。

小强睁开眼，又拼命地揉揉眼皮：“爸爸、妈妈、奶奶，你们都来了。你们看看我是不是变成小老头了？”

“这孩子的魂失落了，”奶奶恐惧地说，“快去借面铜锣来敲敲，让他的魂灵回来。”

小强摸摸自己的嘴唇：“我的胡子哪里去了？”他站起来立在爸爸身边，“咦，我仍是这么点高，没有变成大人。”他向周围一看，“啊，那是我买的‘雀巢’雪糕，它还没有完全化掉……”

众人把半昏迷的小强带回了家。小强花了很长时间才肯定他还是原来的小强，并没有落入那个TRM的可怕深渊。怎么会是这样的呢？他苦苦思索，他猛然想起，时间老人说过，TRM可以把人带进虚幻的梦境，也可以把人带进真实的其他宇宙。他又记起，在《应用规范》中好像说过，把表背的指针拨向i，就进入幻境；而拨向r，则引入实境。时间老人把TRM借给他时，曾经在表盘背后拨弄过一下。小强想到这里有些省悟了，他没有走上绝路，他感到无比高兴，无限欣慰。

第二天，他抖擞精神去棋场应战。他不怕强手，细心布局，沉着分析，灵活应付，最后逼和了邱大魁。半个月下来，他取得了季军称号。虽然不是冠军，他感到非常满意。

他努力学习，专心听课，勤奋地做作业，他的成绩一直名列前茅。虽然许多地方仍赶不上“小袋鼠”，他仍很高兴。这是他真才实学的反映，而且他有决心终有一天会赶上“小袋鼠”。

他仍驰骋在体育赛场上。不错，他依旧频频失误，但他不再脸红，不再懊丧，跌倒了就爬起，重新战斗。通过不断的锻炼，他的技术有显著的提高，身体更是一天好似一天。

总之，小强完全恢复正常，茁壮地成长着，过去的阴影一扫而光。他曾经把心头的秘密偷偷告诉他最亲密的同学，朋友们都惊叹不已，只有一件事，他们始终搞不清楚，也没有答案。

那就是：究竟是小强做了个梦，梦见了飞碟，梦见了外星人，梦见他得到TRM以及随后发生的一切，然后他醒了，一切都消失了；还是小强确实看见了飞碟，确实遇见了外星人，那位时间老人确实给了他TRM。但是，这位慈祥的老人为了教育小强，防止他走上错路，有意让TRM带小强进入幻境，再让他醒来，而没有带他进入实境世界。

看来不好解答这个哑谜。小强自己坚持认为：他确实遇见了外星人并借用了TRM。

理由是：

第一，他是先看到飞碟，然后才到湖畔亭睡去的。第二，他被父母领回家时，衣袋中还藏着时间老人送他的笔，是第二天小保姆洗他的脏衣服时才弄丢的。小保姆也承认在小强的衣袋里有一支古怪的绿色圆珠笔，是奶奶让她丢弃在垃圾桶里的。第三，他回家后，右手腕上留着很深的手表印迹，过了一星期才渐渐褪去，而他从来不在右手上戴手表的。

可惜大家不相信他的理由。不论怎样，小强是做了个梦，梦很长，但醒来时他买的“雀巢”雪糕还没有融化。因此，这个梦不妨叫做“雀巢梦”，可以和古代的“黄粱梦”、“蝴蝶梦”相媲美了。

思想探测仪

闺房昵语

夜深沉，只有佘新工程师的房间里仍透出灯光。和往常一样，晚餐后他一放下饭碗就钻进房间，专心致志地摆弄着一台袖珍计算机似的东西。他完全没有理会他的妻子玲珠收拾好厨房后轻轻地推门进来。玲珠没有、也不敢惊动他，悄悄坐在床边，顺手为他织起绒线衣来，时不时深情地偷看丈夫一眼。

一直到时钟敲过12点后，佘新才嘘了一口气，取出一块手帕拭掉额上的汗。玲珠不由得又望了一下丈夫瘦削的脸，她的手指仍娴熟地在绒线针上飞舞着，脑海中却思潮起伏。佘新揩干汗后，拉出机器上的一根小天线，按动一些键钮，屏幕上立刻出现许多条杂乱的跳动着的曲线。他一面观察，一面转动着旋钮，曲线簇被分解成一堆堆的元素，又变成一个个的汉字。佘新全神贯注地盯住屏幕看，脸上慢慢地露出笑容，最后开口说起话来："玲妹，我身体很好，你别为我操心了，更不要给我买什么肘子为我补养身子了。"

"你、你在说什么？"玲珠从沉思中惊醒，结结巴巴地问。

佘新向妻子投去一个狡猾的微笑："你刚才不是在想：'可怜的新哥这

几天又瘦了不少，明天得上菜市场买一只他爱吃的肘子回来，炖酥了给他补补身子'吗？"

"你怎么会猜到的？"玲珠掩饰不住心中的吃惊，她瞪大了眼睛，呆呆地望着丈夫。

"你的面孔已经告诉我，你刚才真是这么想的！我的发明终于成功了！我不是猜到的，是依靠这台'思想探测仪'测到的。现在我能够掌握任何人在想什么事了，多伟大的发明呀！"

"人的思想还能用仪器探出来？"玲珠不信，"你大概学福尔摩斯的办法猜出来的吧？"

"福尔摩斯算个屁。你不信？那好，我方才录下你好长一段思想波呢，只解译了第一段。现在我再译下去你自己去核对吧！"佘新边说边调动着旋钮。半晌，他抬起头来望着玲珠嘻嘻地笑着："好太太，你下面这段思想可有些违反闺训啦。我不说了，你自己知道。想不到我那规矩怕羞的玲妹还有那样的风流思想呀，哈哈哈。"

"你胡说，我有什么风流思想！"玲珠的脸上泛起淡淡的红云，"你再瞎说，我就不理你了。"

"我的玲妹，你要抵赖？我干脆说破了吧。你不是想过：'这个书呆子整天弄那玩意儿，也不懂得应该给妻子一点温柔。咳，结婚以来，亲热过几次？别人还羡慕我嫁了个模范丈夫，谁知道我在守活寡。不行，今天晚上非得抓住他问个清楚，是机器重要还是爱妻重要？'对不对？我的太太？"

玲珠的脸顿时红得像猪肝。她羞得无地自容，把绒线衣往床上一扔，将脸埋在被褥上，"我根本没有这么想过，你编排我，欺侮我……"玲珠一面抵赖，一面撒娇。

"好太太，你可以骗我，但骗不了仪器呀。你看看屏幕上的解译成果。"佘新把妻子拖了起来，硬要她看屏幕上的字句。"好玲妹，对我来说，仪器重要，爱妻也重要。以前在攻关阶段，我确实把主要精力花在仪器上了，今后嘛，要转移重点了，今夜就用实际行动回答你的问题，好吗？"

"屁！谁稀罕你啦，去跟仪器睡去！"玲珠嘴上骂着，半推半就地挣扎，但当丈夫把她拖过来抱在怀里后，她就顺从地仰起脸来。

毛遂自荐

第二天，玲珠真的上了菜市场，她不仅买了猪肘，还采购了一大堆烧鸭、牛肉和西兰花回来。她决心精心制作一顿家宴，既给丈夫补身子，也庆贺他那伟大发明的完成。为了增添热闹气氛，她还打电话把在公安局任职的弟弟培德也请了来共进晚餐。

培德倒是很早就来了，但一脸愁容，无精打采，全没有平日高谈阔论的风度。玲珠瞧在眼里，好生狐疑，悄悄把佘新拉进厨房："你注意到没有，弟弟不知怎么了，你去好好和他聊聊，问个究竟。"

佘新想了想，忽然附耳对玲珠说："何必问他呢，我到房间里开动一下仪器，不就一清二楚了！你等着，我去去就来。"

玲珠心不在焉地炖着猪肘，几分钟后，佘新匆匆进来，又贴耳说道："清楚了，培德他们抓住一个重大贩毒嫌疑人，那厮十分顽固，问不出丝毫线索，未抓住真凭实据，又不能长期拘留，所以他焦烦得要命。其实，我可以助他们一臂之力。如果我带上思想探测仪，测出嫌疑人的一切想法告诉他们，岂不很快就可以破案吗？玲妹，你看怎么样？"

"这……这能行吗？新哥，我总觉得你的发明太超越时代，也不符合当前的伦理准则，会给我们惹来麻烦的。我一直心神不宁。依我说，你不要插手，连思想仪也放弃为好。"

"哎呀，玲妹，你怎么怀疑起思想探测仪的威力来了？再说，我帮助破案，为社会除害，有什么错？你想得太多了。我这就告诉培德去。"佘新已陷入亢奋状态，他迫不及待地要试一试思想仪的威力，任何力量也阻挡不住他。

培德听了姐夫的介绍和建议后，简直难以置信，直到佘新用思想探测仪测出他的各种想法后才信服。两人商议一下，决定让佘新扮成记录员坐在培德身边，随时把犯罪嫌疑人的思想破译出来，写在纸条上传给他。两人商妥后愉快地碰起杯来，只有玲珠蹙着长眉，没有吭声。

攻克顽固堡垒

审讯贩毒犯罪嫌疑人的战斗正在进行。这已是第三次提审了。满脸横肉的犯罪嫌疑人仍施故伎，咬紧牙关，拒不承认。作为主审员的培德又恨又急，显得有些沉不住气。一张小纸条悄悄放在他的面前，上面写着："犯罪嫌疑人现在在想，你们是虚张声势，抓不住我真凭实据，老子死不承认，看你们能把我怎样。只是'货'还塞在旅馆卫生间下水洞里面，千万别被查获就好。"

"莫德明！你顽抗到底，是打算走死路了？你认为我们没抓到你的证据，就奈何你不得。我问你，你在旅馆房间卫生间的下水洞里塞进了什么东西？"培德突然暴雷似的喝问。

"什么下水洞？我，我不知道……"犯罪嫌疑人的声音明显地发抖了。又一张纸条递到培德面前："犯罪嫌疑人思想波紊乱。他在想：'不好，秘密怎么会暴露？这事只有我和蛇头两人知道，难道蛇头已被捕？不可能，他已安全转移到罗家巷第二据点，这据点是绝无他人知道的。对，我要一口咬定我和下水洞中的货没有关系。'"

"莫德明，你不要打错算盘，"培德猛击桌面，乘胜追击，"你们的一切阴谋都被我们掌握了。我问你，你这次和蛇头是在哪里碰面的，干了些什么勾当？"

"没、没干什么勾当。啊，不不，我不知道什么蛇头，你们一定搞错了……"犯罪嫌疑人额上沁出豆大的汗珠，已经语无伦次。

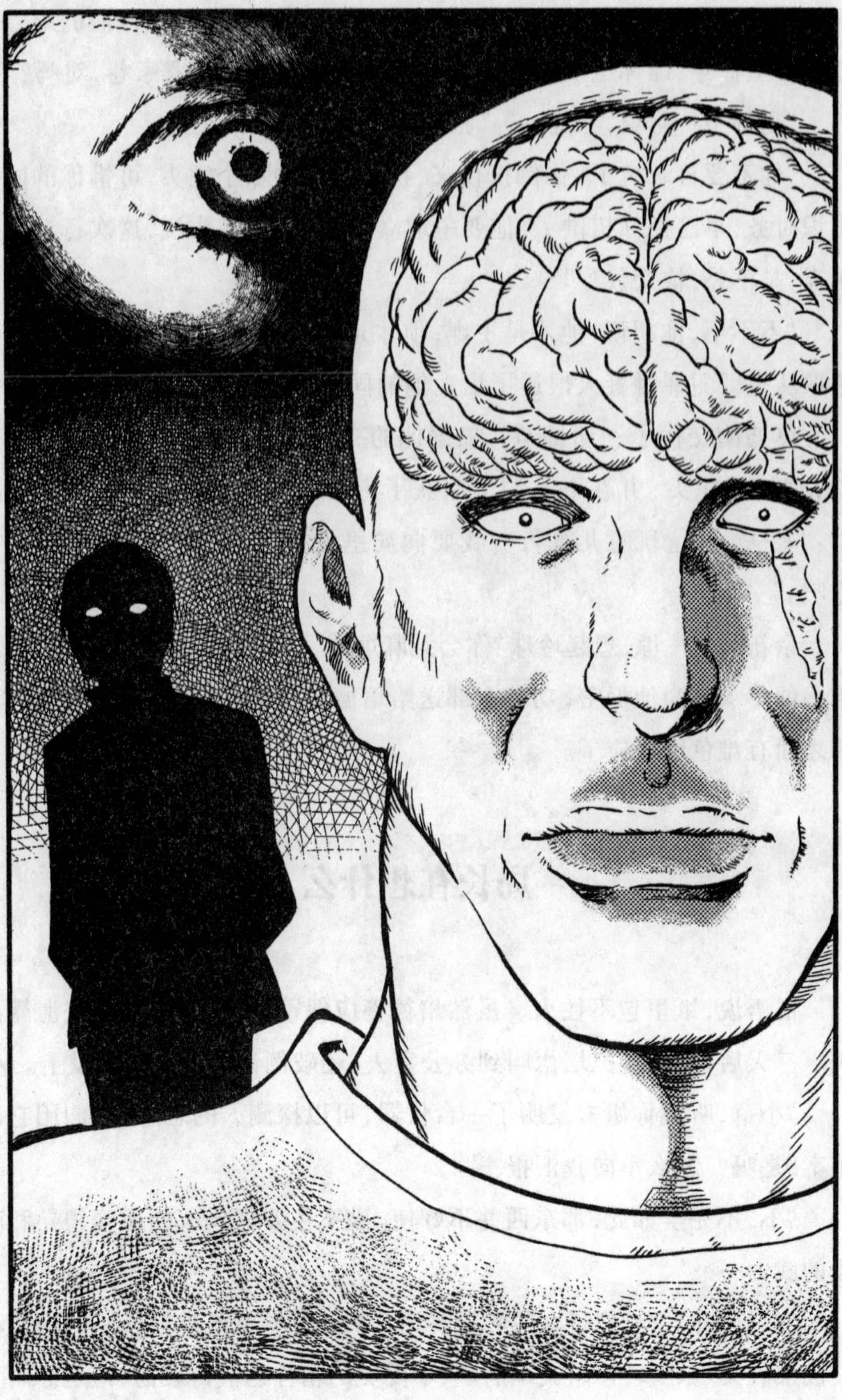

“你不要再抵赖了。”又是暴雷似的一声怒喝，“我问你，你们的第二据点在哪里？哼，谅你也不肯交代，那么我来告诉你吧，在罗家巷，对吗？”

“是的……啊啊，不是……”犯罪嫌疑人已无招架之力。

“你不要再顽抗了。你倒挺仗义，拼命要保护那个蛇头，可惜你的同伙很识时务，早已把你招供了，他要争取立功赎罪呢。蛇头说，这次行动你是主谋，是不是，快交代！”

“不不不，他胡说，他才是主谋，他才是头头。我坦白，彻底坦白，我要争取从宽。”犯罪嫌疑人恨透了出卖他的同伙，牙齿咬得咯咯响。

莫德明交代了一切细节。根据他的交代，公安局迅速破获了第二据点，逮捕了蛇头，并在下水洞里起获了毒品。培德兴奋地拍拍佘新的肩膀：“姐夫，你这玩意儿真行。我要向局里汇报请功，你干脆到局里来工作吧。”

佘新猛然一惊，想起玲珠“你会惹麻烦的”那句警告，他拒绝任何奖励，唯一的要求是为他保密，功劳全部送给培德的小组。经过他反复恳求，培德才面有难色地答应了。

局长在想什么

俗语说，纸里包不住火。虽然培德答应保密，但消息还是很快泄露出去。三天后，赵局长把培德叫到办公室去，还破例让他坐在小沙发上。

“小章，听说你姐夫发明了一台仪器，可以探测人的思想，你们用它破了案，是吗？怎么不向我汇报？”

“不，不完全如此，那东西并不好使。破案主要靠局长的正确领导和政策的威力……”

“章培德同志！你是在对领导讲话，”局长的脸明显地拉长了，“应用科技成果破案是好事，你姐夫不居功、不受奖的精神也值得表扬，但是你向上级隐瞒真相，独吞一切功劳，这是个什么性质的问题你想过没有？”

在局长的强大压力下，培德只好坦白了一切。局长沉思一会儿后下达了命令：“星期天下午两点，让你姐夫带仪器到我家里来，我要亲自鉴定。”

局长的命令是不能违抗的。星期天下午佘新就坐在局长家的客厅中了，那台仪器摆在小茶几上闪闪发光。局长满脸堆笑，和蔼可亲：“佘新同志，祝贺你的发明，这将对我国公安、外交、国防等部门产生巨大影响。请把仪器的原理说给我听听。”

“原理其实很简单，人在思考时脑子中会发射出各种思想波。这仪器的第一种功能就是接收这些很微弱的信息，加以记录、贮存，并进行剖析，分解成一连串的‘思想元素’。第二种功能是对各种思想元素进行识别，这一点最难，我虽努力多年，编制了‘识别字典’和实用程序，但仍不完善，重码很多，准确率不到50%。上次破案并不是仪器的功劳。”佘新竭力贬低自己的成果。

“仪器怎样接收人的思想波呢？”赵局长寻根究底。

“有三种方式。如果是审讯犯罪嫌疑人，可以把接收极贴在他的太阳穴上。第二种方式是利用思想波强度随距离 r 的平方递减并和入射角的余弦成正比的原理，将仪器靠近被测人，并将天线对准他，这样，在收集到的大量信息中，他的思想波占绝对优势，不难分离出来。第三种方式有些像收音机或电视机的预选台。我发现每个人的思想波中都有其特殊振荡成分，从中可以找出一个‘本征值’。仪器收到任何人的思想波后稍加分析便可确定这个值。把它存入仪器中，以后只要按下专用钮，就可以收到他的波，其他人的波都被排除了。这个方法最精确，还可以远距离遥测，但要预置好本征值。”

“很好。你测测我的本征值是多少？”赵局长兴致勃勃地愿意以身试“仪”。

佘新只好开动仪器，摆弄一会儿：“局长，你的本征值是 1013.9276×10^{6}”。

“好极了，现在你测一下我刚才在想什么？”

佘新被逼把录下的思想波检测一番,吞吞吐吐地说:"局长,你在想利用这台仪器为社会主义建设服务吧?也许不对,我的仪器还……"

赵局长冷冷地看了他一眼,打断了他:"这不是我所想的。佘新同志,我代表国家利益,也代表权威,你不能搞欺骗。我们虽然没有思想仪,但也进口了一台最新的测谎仪,你正坐在它上面呢。你头上的红灯亮着,说明你在讲假话。你不说实话,今天别想回去。"

佘新本想胡说一通,证明仪器不准,尽快溜走,不想局长想得比他更周到。他再无逃避之路,只好直说:"好,那我直说。你在想,秦书记和霍局长是阻碍你上升的对头,一定要千方百计战胜他们。如果能掌握这台仪器,不但有把握压倒他们,还可以飞黄腾达……"

赵局长脸上微微泛起红色,他咬咬牙说:"很好,你总算讲了实话。仪器确实不错。从现在起,我们就算穿上一条裤子了。让我们谈谈合作的条件吧。"

"穿一条裤子?"佘新睁圆了眼睛。

"对啊,我怎能允许有个知道我秘密的人离开我呢?命运已把我们两人拴在一起了。我提出两个方案,一是你把仪器和操作方法转让给我,我给你钞票、住房和……"

"不行、不行,我不出卖我的仪器,而且别人也识别不了思想波。"佘新大叫起来。

"好。第二个方案是我调你来做我的机要秘书,你根据我的命令使用仪器,探测我需要的信息。我保证你有高职位、入党,以后所得一切利益均分……"

"不、不、不,我是个搞研究工作的,做不来这种事。"

"不要过早下结论,给你一星期时间考虑,你务必把一切后果想周到!还有,鉴于你拥有这台仪器,为了国家安全,我不得不采取非常手段。我以公安局长身份通知你,今后不经我批准你不得离开本市,直到你作出选择为止。"

道貌岸然的长者

佘新失魂落魄地回了家，把情况向玲珠一说，小夫妻俩呆呆相视，想不出摆脱困境的办法。后来还是玲珠开了口："新哥，你也别太急，天无绝人之路。我记得弟弟说过，赵局长最听他老婆的话，他丈人就是培汉女校的陶校长。陶校长是个令人尊敬的长者，我虽毕业多年，他也许还记得我。我想明天请他来吃便饭，求他去说说情，也许能行。"佘新想不出其他办法，只好同意一试。他不愿出面，一切由妻子代办。

两天后，可敬的陶校长被邀来了。他喝着茶，一面听玲珠陈述，一面盯住玲珠的脸看。

"陶校长！"玲珠用最温柔亲切的声音叫了他一声，"我们实在不敢得罪赵局长，但佘新是个书呆子，哪能承担这种任务呢？陶校长，陶伯伯，求求您给赵局长说句好话，照顾我们吧。我求您啦。"玲珠站了起来，盈盈欲泣。

陶校长慌忙拉她坐下："玲珠，不是我推辞，这事太离奇了。好吧，为了你，我只好厚着老脸皮试一试，谁叫你是我最疼爱的女学生呢。"

"好伯伯，我太感谢您啦。"

"你打算怎么样谢我呢？"

"我一辈子感谢您，我要天天为您祝福，祝您健康长寿，我还要烧几个您最爱吃的菜请您尝尝……"

"好、好。不过我对详细情况还不够清楚。今天下午我还有事，不能细谈。这样吧，你明天下午到我家里来，我们仔细商量一下怎么办。"

"陶伯伯，谢谢您，我一定来。"玲珠还没说完，房门忽然被推开，佘新怒气冲冲地闯进来，厉声喝道："不准去！陶校长，对不起，我和赵局长的事我们自己解决，不麻烦你，请走吧！"

陶校长气得满脸发紫，抗议对他的戏弄侮辱，直到佘新粗暴地将他推出门去。被佘新的无礼举动惊呆了的玲珠半晌才挣出一句话来："新哥，你疯了吗？这是干什么？你得罪了赵局长不够，还要平白无故地得罪陶校长？"

"哼，什么陶校长，什么好人，统统是衣冠禽兽！"佘新破口大骂，"玲妹，你别上当，他表面上道貌岸然，骨子里男盗女娼，你看看他对你存什么贼心思！"他掏出用思想仪测下的一些结果愤愤地丢在玲珠面前。玲珠取来一看，纸条上写着："……真是黄毛丫头十八变，这个当年不起眼的小丫头竟出落得这么漂亮，真叫人心痒难熬，恨不得一把抱过来亲热亲热。对，她现在有求于我，正是天赐良机。我先稳住她，把她骗到家里，再设点小圈套，不怕她不落入我的手掌，我要叫她送货上门……"

玲珠呆看着这些可怕的字呻吟道："真想不到他竟是……我们该怎么办？"

"怕什么！你不是说天无绝人之路吗？我决心和姓赵的斗到底。他要我鱼死，我就要他网破。他有把柄落在我手里。我要天天收他的思想波，他敢动我一下，就把他见不得太阳的思想统统捅出去。我现在必须改变战略，要大力宣传我的仪器，取信于人，这样我就能立于不败之地了。玲妹，你说好吗？"

玲珠没有答话，她微微地颤抖着，她预感到灾难一步步接近了他们。

两多一少

佘新迅速行动起来。不久社会上就传开佘新划时代的发明。佘新感到他已站稳脚跟，便给赵局长打了个电话。他断然拒绝赵局长提出的收买或合作的两种办法，而提出了"井水不犯河水"的反建议。他警告说，如果赵局长对他存有任何罪恶念头或胆敢侵犯他的话，他立刻将赵的所有不可告人的丑恶思想全部交给报社发表并报送市委。他提醒对方，他可以查测到赵的任何思想活动，赵局长已经完全在他掌握之中了。

赵局长万没料到表面上懦怯温顺的佘新竟有如此强烈的反抗精神和

周密的斗争策略，一时失去了主意，不敢对佘新下手。佘新首战告捷，不免沾沾自喜，常在妻子面前吹嘘他制伏了以心狠手辣著称的赵局长。可是玲珠的眉头愈皱愈紧，面色也日益憔悴了。因为自从佘新实施他的反击战略后，小家庭就再无宁日，出现了“两多一少”的现象。

首先是各报刊、电台、电视台的记者以及学生、科学家和洋人登门采访、调查、参观、摄影，络绎不绝，弄得小夫妻俩招架不住。尽管在门口贴满“谢绝采访”、“严禁摄影”的条子也无济于事。预约求见的电话更是从早到夜从无间断，最后只得拆机了事。其次，上门来和佘新谈“生意”的也大有人在，从政治家、企业家、投机商、个体户、赌场老板直到黑帮头子、流氓大亨，他们提出各种各样诱人的报酬或优越的条件，劝说、引诱甚至威胁佘新与他们合伙。

对付赵局长一人，佘新的“威慑战略”奏了效，可是对付这么多滚滚而来的人，你又去威慑谁呢？佘新陷入了困境。

与此相反的则是佘家小夫妻俩过去最要好的亲戚、朋友、邻里、同事……全绝了迹，连小孩都不来串门了。人们在路上遇到他们时，也都深怀戒心，避免和他们打招呼，更不敢握手、说话，像遇见瘟神一样地溜走。这又使得他们感到空前的寂寞孤单。有一次，玲珠实在耐不住寂寞，死乞白赖地拖了个小姐妹来家里做客，想闲聊几句。那姑娘竟像坐在荆棘堆上一样，全身紧张、坐立不安、答非所问，最后干脆眼观鼻鼻观心地练起气功来，以便摒绝一切思想，防止被人探测了去。就这样，佘新夫妻每天在唇焦舌燥地打发走纠缠不休的访客后，就只好两人厮守在一起，度过一个又一个冷清的夜晚。这滋味已经和蹲监狱相差不远了。

昆仑仙客

又是一个寂寞的寒宵。玲珠照例在灯下织绒线衣。为了熬过这似乎是多余的时间，她已把一件毛衣反复拆织了三次。佘新则漫无目标地摆弄那台思想仪。房间里像死一样的寂静，床头柜上闹表的滴答声显得特别清楚。

“不好，”佘新突然惊呼，“玲妹，你赶快收拾一下东西，我们要连夜离开这里。”

“啪”的一声，玲珠手中的绒线针掉在地上，她抬起头望着丈夫发怔。佘新见她不动，焦急地催促说：“这姓赵的恶棍没有放过我，他还在算计我，”佘新指着显示屏，“他正在请人研究，想办法不使自己的思想波外泄。这样，我就被动了。”

“新哥，他们能成功吗？”

“咳，世界上有矛就有盾，没有破不了的天门阵。其实，说穿了也很简单，一个人头上只要罩上一顶聚乙烯做的帽子，像普通的浴帽，就能完全吸收思想波。他们迟早会发现的。这倒还在其次，更糟的是赵已买通了‘白骨党’，出重重要杀害我，他们计划在明天黎明下手。玲妹，我们先逃命要紧。我想我们先到N市舅舅家躲一阵再说，快收拾东西。”

玲珠知道“白骨党”是一群社会渣滓的黑组织，杀起人来是不眨眼的，不由得打了一个冷战。半小时后，两人收拾了一些细软，包括那台造孽的思想仪，匆匆赶赴火车站。佘新还写了一封匿名举报信，在上火车前投入邮筒，对赵局长进行最后一次反击。

上天似乎还要折磨他们。当他们到了N市后，才知道多时未通信的舅舅已经远调外地了。两人只好在人地生疏的异乡找了家小旅社住下。每天清晨，夫妻俩就出去找临时活干，但晚上都失望地归来。他们带的钱不多，只好以火烧和方便面充饥，日复一日，几乎到了“牛衣对泣”的地步。

这天晚上佘新回来很迟，他一面啃火烧，一面对妻子说：“玲妹，看来正规工作是找不到了。我倒有个主意。我看这里烧香拜佛的人不少，迷信观念还很浓厚。我打算明天去马路上摆个测字摊，看相算命，至少可以解决生活问题。”

“算命？啊呀，我的新哥，那是迷信落后，而且算命自有一套办法、口诀和秘传，你一窍不通，连生辰八字都不会排，怎么个算法？”

“你别小看我，你说的是老式算命，而我是科学算命。”

“反正是骗人的玩意儿，你不怕谎话拆穿挨打吗？”

“玲妹，你怎么忘了我的思想仪了？我可以测知来算命人的一切思想活动，因势利导，随机应变，一定可以收到奇效。只要骗上三月半载，我们就离开这里拜拜了。你怕什么。”

于是佘新到旧货市场买来一张破木桌，铺上塑料布，桌子下的抽屉中安装着那台思想仪，又央求玲珠给他缝了几块白布，写了一条横幅“科学算命”，又写了一副对联：“指你迷津，赖有神机能解惑；观君气色，不劳开口就知情”。佘新给自己取了个别号“鬼谷子七十六代传人昆仑仙客”，戴上一副墨镜，手里摆弄着真真假假的电子仪器，真的开张营业了。

不出佘新所料，这一“科学算命”轰动市上。特别是佘新的“不劳开口就知情”的特技，更使人折服。所以他的生意十分兴隆，每天有百余元的收入。这一来，他们的生活问题就解决了，半个月后还迁入一家半星级的旅馆。

“怎么样，你丈夫还不赖吧？”佘新沾沾自喜地向玲珠夸耀，“呀，玲妹，你怎么哭了？”

“一个科学家，变成鬼谷子的传人，靠说谎骗人过活，我能不心疼吗？我们的经历真可以写成小说了，就不知作家将怎样安排我们的结局！”玲珠说到这里，眼泪扑簌簌地滚了出来。

众叛亲离

玲珠的物质生活虽已无虑，但她受不了这寂寞孤单的滋味。星期日下午，她出了门，无目的地在市里游荡，最后在平湖公园中消磨了半天。她坐在草地上，思潮起伏，回忆着这些天来发生的一切，思考着种种解脱之道，但毫无所得。当她疲倦地回到旅馆时,已经是暮霭沉沉的黄昏了。

她推门进去,吃惊地发现佘新正在猛饮着白酒,满脸血红,目露凶光,完全失去了以往温和的模样。他看到玲珠回来,放下酒杯,把桌子一拍:“你到哪里去了?你近来做了什么对不起我的事?你说!”

“新哥,你怎么了?我做过什么事?你瞎讲乱猜。别这么喝酒,这对身体不好……”

“我的事不要你管!你还抵赖,这是什么?”佘新粗暴地打断她,并摸出一顶浴帽丢在桌上。“这是我从你裤袋中搜到的。你想脱离我的控制?我做梦也未想到连你都要背叛我。我发现这顶帽子后就马上探测了你的思想,你竟想砸掉我的思想仪!你还想背离我远逃他乡。你这背信弃义的女子!我最近受尽挫折,都不在乎,任何人迫害我,我都能忍受,但是你要背叛我,我决不允许。你想砸烂我的思想仪,我就先掐死你!”佘新一面怒吼,一面撕破了浴帽,扑向玲珠,狠狠地打她耳光,揪住她的头发往墙上撞。玲珠像死人一样没有抵抗,也没有申辩。直到佘新把她推到床上,她才抽泣起来。佘新发泄一通后,不再理睬她,继续喝酒,不久就伏案醉昏了过去。

也不知过了多久,一阵秋风钻进窗棂,佘新醒了。他努力追忆着发生过的事,慌忙爬起身来,扭亮电灯。房间里已没有玲珠的身影。他心胆俱裂,又喊又找,最后在桌子上发现玲珠留下的一张信笺,上面洒满了她的泪痕,留下她娟秀的字迹:

亲爱的新哥:

我走了,永远地走了。

我曾经是个幸福的女子,因为我有一个如此疼爱我的好丈夫。可是,自从你研制出思想仪后,我发现我的幸福日子就结束了。

为了支持你的事业,我是愿意献出一切的,我并不怕受折磨和苦难。可是,你的发明使我失去了一切朋友和伴侣,任何人都像躲避瘟神一样地远离了我，使我过着脱离人群的孤独生活。我只剩下你一个人可以为伴了，而你又爱仪器更甚于爱我，我怎么活下去呢？

再说，每个人总有点儿隐私，不愿让别人——哪怕是最亲的人所知。而我在你面前已没有权利保留自己任何一点隐私了，就像天天赤身裸体地任凭你检查一样，这使我如何忍受呢？

亲爱的新哥，我痛苦地发现，如果我再留在你的身边，最终必会摧毁我俩目前还剩下的一点好感。让我走吧，让我们彼此在心中都留下一个美好的回忆吧。

新哥，我建议你另找一位女科学家做伴侣和助手，忘记我。我呢，只要心脏还在跳动，我将为你祈祷。因为，你是我唯一爱过的人。离开你，不是我的错。

永远属于你的玲珠

泪笔

佘新看完后，手和心都剧烈地颤抖起来。他定定神，赶紧开动思想仪，按下玲珠的专键，探测到玲珠此刻的思想波："现在我怎么办？是去天涯海角漂流，还是就此结束我的残生？"

"玲妹，你不能死！我错了，我要找回你，我要重新获得你！"佘新发狂似的喊着。但是茫茫人海，沉沉夜雾，玲珠此刻又在哪里？他思考一下，迅速找出N市地图，铺在桌上，又用罗盘仪校正了方向，然后再次启动思想仪，继续接收玲珠的思想波信息。与此同时，他拉出天线，缓缓转动，这对接收到的信息强度有些微弱的影响。他精密地测定信息最强时的天线方向，在地图上以旅馆为起点向这个方向画了一条射线。佘新发现这条线穿过轮船码头。已经不必再用"交会法"定位了，玲珠显然去了码头打算乘黎明起航的班船回乡。佘新以最快的速度收拾了行装，奋力向码头奔去，他发誓要找回他的玲珠。

谁更重要

当佘新赶到码头时，他已经筋疲力尽了，但是他仍鼓起最后一点儿精力，奋力撞开正在关闭的铁栅门，跌跌撞撞地冲上了船。五分钟后，在汽笛长鸣声中，轮船缓缓地离了岸。

佘新喘息了一阵，就在人群中寻找玲珠，最后，他终于在普通舱甲板边的角落里发现了她。玲珠孤零零一动不动地靠着舱门坐着，面对茫茫大海，像一尊圣洁的白玉雕成的女神像。

“玲妹！”佘新叫了一声，扑上前去，抱住了她，也就跪在她的面前。“我亲爱的玲妹，我终于找到了你。我不能失去你！请原谅我昨天的粗暴。玲妹，你骂我吧，你打我吧，只求你不要离开我。”佘新拉住玲珠的手，打着自己的头。

玲珠慌忙抽回手来，又怜惜地抚摸着他的额角，喃喃地说道：“新哥，你这是何苦呢。为什么还要来找我，让我们好走好散，岂不更好？”

“不，玲妹，这办不到。我在失去你后才知道，我不能没有你。过去你问过我，妻子和仪器谁更重要，我回答说两个都重要。我错了。现在我才知道，我俩之间的爱情是任何仪器不能比拟的。即使给我整个宇宙，我也不会放弃对你的爱，即使宇宙毁灭了，我俩的爱情也将长存，直到永恒。玲妹，你相信我吗？你原谅我吗？”

“我只要有你这句话就够了。”玲珠无限温柔地回答，把脸贴住佘新的面颊。佘新不由得搂紧了她。

“这样不好，回家再亲热吧。感谢上天，让我们能够平安地回家。”玲珠一边说着一边推开了佘新。

“回去？”佘新的心又沉了下去，“那姓赵的和‘白骨党’还等着我呢，怎么办？”

网打尽“白骨党”

"你放心,在我们国家,黑势力只能猖狂一时,他们逃不脱法律的制裁。"玲珠从手袋里取出一张报纸递给佘新:"这是我在船上刚买的报,你看这一版,姓赵的和'白骨党'已经完蛋啦。"

佘新急急打开报纸,在昏暗的甬道灯下读了起来。报纸用了半版篇幅,报道了省监察厅根据群众举报查清了赵某利用职权贪污受贿、敲诈勒索、勾结黑帮、残害人民的种种罪行。赵某已经伏法,"白骨党"成员也被一网打尽投入监狱。同一版中还刊载了一条题为"衣冠禽兽的下场"的消息,报道了培汉女中校长用卑劣手段猥亵和奸污女学生的罪行,罪犯也被判重刑。佘新读后感到无比痛快。细心的他还在报纸夹缝栏中看到他工作的研究所刊登的寻找他的启事。上面说,所里已了解他被迫出走的缘由,现在罪犯已伏法,希望他见报后速回复职。

玲珠细心地窥探丈夫的表情。她怕他仍未打定主意,又婉转地劝告:"新哥,回去吧,一切从头开始,把'浴帽秘密'告诉大家,人们就不会再恐惧你了。我们又会有亲戚朋友的。"

"不,不需要了。我要改变研究方向,研究一些利国利民的实用项目。这个思想仪吗,玲妹,请你作证,它已完成历史使命,从此消失了。"说完,他高高举起了思想仪,"嘭"的一声投入海中,激起了层层浪花。

一轮旭日正从海平面上升起,放射出万道霞光。佘新和玲珠并肩倚栏,呼吸着清新的空气,欣赏着大自然的美景。

一千年前的谋杀案

联合休假组

历史系卜性虚教授通知我，6点钟去教授联谊室开会。所以下班后我草草扒了几口饭，就匆匆地赶了去。

教授联谊室在小工字楼的底层，这可能是京华大学里最讲究的一间房了。我推门进去，发现四位教授都已到齐，室内烟雾弥漫、茶香飘溢，正在进行热烈的讨论。其中嗓音最高的就是那位卜教授。他看见我进来后，就用手重重地敲了一下茶几："好，小南来了，人已到齐。我们开会吧。"他招呼我坐在他的身边，"教育部和校方为了丰富教授们的寒假生活，组织我们分别去各地参观、考察和休假。我们四个人都报名去大冰谷工地。有人笑我们傻，大冷天到冰天雪地里去休假。让他们去笑吧。至少我们这几个志同道合的傻瓜都想到一起去了。哈哈哈……校方关心我们，还特意增派医学系的博士研究生南维民同志给我们当秘书，好帮助我们这几个老不死的。来来来，大家熟悉一下。"

我站起身来，向教授们鞠了个躬："各位老师，我能陪同你们去大冰谷休假，太荣幸了。我年纪轻，水平低，做得不够的地方请不客气地指出。"

老头子们热情地鼓起掌来。卜教授继续粗声粗气地宣布："校方还指定我担任小组组长，为大家服务，不知大家有意见没有？”

“上头指定的，我们还能有什么意见。”古汉语专业的丁德清教授挖苦地说，“我们拥护老卜登基，当我们奉天承运的皇上。不过，现在的皇上也不好当，你得好好为我们服务。要不然，我们要搞政变的，你要小心点啊。”

大家又哈哈一阵大笑。笑声停下来后，考古系的任春宝教授一本正经地对丁教授说：“老丁，搞政变可不像你吟一首‘见裸体女郎照片有感’的诗那么简单，我看你根本不是那种料。你光知道老卜是五代史和北宋史专家，还不知道他这十多年像林彪一样专门研究二十四史中的政变问题。最近他写了一本《中国古代政变研究》，足足有80万字，听说快出书了。他研究得这么透彻，还会轻易让你得手？”

任教授的话引起了更强烈的笑声，也引起了大家的兴趣。特别是工程物理系的过时敏教授更起劲儿，揪住卜教授不放，硬要他讲讲在古史研究中有什么惊人发现。卜教授好不容易才控制住局势，把讨论引上正道：“静一点、静一点。中国历史长达五千年，疑案有的是。不过，要解开一件千古疑案哪有吟诗填词那么方便？以后有机会再谈，今天还是先讨论一下出发前的准备工作吧。”

在这几位一级教授面前，我是个后生小子，没有多少插嘴余地。不过通过初步接触，看来这几位前辈都不像人们想象的那么道貌岸然、严肃可畏。我想和他们相处一定会充满乐趣的，且不提我还可以向他们学习许多历史、考古、汉语和工程物理方面的知识哩。虽说这些专业和我的博士课题“生命的冻结和解冻原理”毫不搭界，但作为一个科学家就应该兼容并蓄，知识面愈宽愈好呀。更何况我虽然是个生命科学研究生，却天生是个中国历史迷，我读过的各种各样的野史逸闻恐怕不会比卜教授少吧！

大冰谷生涯

严冬时节的大冰谷真是“千里冰封、万里雪飘”——好一派北国风光。我想，以景色的瑰丽奇壮，就是北极也不过如此罢了。住惯大城市的人，到了这个晶莹世界里，会觉得胸襟开阔，心境凉爽，体会到大自然的魅力。

几年来，资源部在200米厚的冰雪层下，发现了举世罕见的稀有金属矿脉，国家组成了工程开发公司筹备开发。在勘探和修路等准备工作中，又意外发现了一些湮废的古遗址和埋在冰层中的一些古生物，这又引起历史界、考古界和生命科学家的极大兴趣，不断有人去参观考察。这也是为什么我们几个师生会组合成一个团组前来度假的原因。

如果不考虑零下三四十摄氏度的奇寒酷冷这个因素，在大冰谷的生活实在是充满乐趣和激动人心的。这里没有什么建筑物，工程指挥部都修建在冰洞里，我们就住在308号洞里——大家亲切地称它为京华洞。我们饱览了冰雪世界风光，参观了工人们的艰苦劳动——他们已用激光机械在冰层中开挖了一个直径50米的大井，现在的深度还不到100米，再挖深120米就可达到基岩面了。我们参观了陈列在801~810号洞中发掘出来的古代动物的遗骸。其实，“遗骸”是个很不妥帖的名词，它们并不是一副副可怕的骨架，而是这些生物完整的、毫无变化的原来状态。我最喜欢去欣赏那件编号为2081号的标本了。这是一只小小的有点像狐狸模样的怪兽，它正在做着努力往上攀登的姿势，我的眼前浮现出一个画面：在数万年以前，这头小小的生命——也许离开母体还不太久，独个儿出外觅食，一失足跌进一道深渊。正当它拼命往上爬，嘴巴里也许正在呼叫母兽的时候，一大块崩坍的冰雪顷刻间掩埋了它，从此，它永远冻结在这个大冰块中，正像冻结在琥珀中的昆虫一样，它那模样、神情，真是栩栩如生、呼之欲出。只要裹住它的冰不化，它会永久地保存下去，不会腐烂，不会变质，如果小心地融掉围冰，这条小生命也未尝不能复活，正如千年古莲子可以开花一样，因为它的生命潜力并未耗尽，生长密码并未损坏——这正是我日夜研究的课题，只可惜暂时无法取得这样现成的实验品。所以我每次进入博物洞中，总是流连忘返。我常常如痴似醉地站在这些“遗骸”前面，意迷神驰，往往要让教授们把我拖回去吃饭。

我们还在80多公里外的一处遗址上参观考察了三天。这是在修路时无意中发现的。遗址范围一定很广，限于人力财力，现在只发掘了一小部分。这里有一条幽深的小巷，路面留有深深的车辙印痕，两边都是用石块垒成的建筑物。有的房子里还残留着一些石桌、石凳和石臼。我曾经钻进一套小四合院似的庭院中去细细参观。从门口石阶被踏损的程度来看，这里曾经有多少代人居住过、劳动过。他们一定也有欢笑，也有愁苦，生老病死、婚丧嫁娶……现在，这些主人们都永远消逝了，留下一些尚未倒塌的石块建筑任后人凭吊怀古。

我的最大收获是在一间较大的石屋中，发现有一块硕大的矩形石块，说明牌上讲这是供古代人坐的。而经过我细心考察，发现它其实是一个中间空的石柜。我费了很大的劲，撬开了盖板，取出了一卷棉皮纸似的东西，上面还写满了我所不识的文字。我敢断定这是件稀世珍宝。我做了件不应该做的事，把它悄悄地带走了，深藏在自己的小行李箱中。我喜欢读古代史。如果我在生物科学上搞不出成就，我会改行去攻历史和考古。我要独立研究破译这一卷秘宝，这会使我一举扬名的。所以我秘不告人，只在更深人静时，才偷偷取出来艰难地研究上面像张天师符咒一样的古怪文字。

“烛影斧声”之谜

在大冰谷生活期间，最难挨的是那漫漫长夜。特别在刮大风时，夜空中卷起揪人心肺的朔风怒号声，真是惊心动魄。不仅不可能出洞，也无法工作或阅读，大家只能钻进睡袋，但又难以成眠，如何打发似乎没有尽头的长夜，实在成为问题。

好在我们有一位学富五车的卜教授。在寒夜中请他开讲古代秘史是打发时间最好不过的妙法。教授又健谈，只要我们轻轻"触发"他一下，他便绘声绘色地开讲起来。如果我们故意抓住一些小矛盾诘问反驳，更可使他喉大气粗地争辩以至吵架。冰洞中就可以欢声笑语不绝，充满祥和气氛了。就这样，卜教授告诉了我们许多从未听到过的知识：从"大禹"实际上是一条大穿山甲谈起，一直讲到孙殿英怎么炸开东陵慈禧太后的坟，从老太婆腐烂的嘴巴里挖出一颗大珠子。

这一夜又刮起八级大风，我们照例钻在睡袋里开"历史讲习班"。过教授念念不忘卜教授的《中国古代政变研究》，他开始"触发"："老卜，林彪搜罗政变经，提到过一句话：'烛影斧声千古之谜'。这到底是怎么回事？在你的大作中是怎么分析的？讲一讲吧，让大家长长见识。"于是大家哄起来。卜教授清清喉咙，就像说书似的开讲起来。

"关于'烛影斧声'的疑案，我也作过考证。可惜年代过久，线索绝少，真相仍不明白。这件事发生在北宋的开国皇帝宋太祖赵匡胤和他的胞弟宋太宗赵光义身上。中国历史上那么多皇朝，哪一个皇帝不想长生不老，永享富贵？长生不成，起码要把皇位传给自己子孙，世世代代承袭下去。这总是一条规律吧。只有宋太祖做法出格，他临死时把费尽心力篡夺来的皇位传给弟弟了。他不是没有儿子呀，他有很能干的两个已长大成人的儿子——德昭、德芳呢。这件事本身就是大谜。"

"对啊，这件事书上怎么说的？"过教授兴致勃勃。

"正史上当然有道理呀，而且说得头头是道。据说，这是赵匡胤他娘杜太后的主意。原来赵匡胤的天下是从后周的孤儿寡妇手里夺来的。

"要知道在残唐五代时期，中国陷入大混乱中。在中原，走马灯似的改朝换代。53年中换了5家，共13个皇帝，其中8个被弑。这些皇朝，长的不过十多年，短的只有三四年。各地还有许多割据的小国家，所以称为'五代十国’。不过，最后那个皇朝的周世宗柴荣是个人杰，他南征北战，有魄力有智谋，眼看就能统一中国。赵匡胤不过是他帐下一员大将——官封都检点，相当于参谋总长。可惜周世宗是个短寿鬼，只活了30多岁，做了6年皇帝就病死了。登基的小皇帝只有7岁。赵匡胤就利用朝廷派他率兵出征抵御北汉和辽兵入侵之机，授意部下搞了‘陈桥兵变’，硬把黄袍加在自己身上。于是倒戈回师，可怜京城里的孤儿寡妇哪有还手之力？乖乖地被赶下台。

“赵家坐稳江山后，那位杜太后就开始琢磨起这件事来——现代话叫做总结经验。她病危时把儿子和大臣赵普叫来。‘想想看，我们赵家怎么会轻松地夺来江山，还不是上天保佑周世宗死得早，留下了孤儿寡妇？历史的经验值得注意，咱大宋不能再蹈覆辙。我来立个规矩：老大归天之后传位老二，老二传老三，老三传位给老大的儿子德昭。这样，大宋朝永远是国有长君执掌江山。这个意见你们听不听呀？’据说赵家子孙个个孝顺开明，拥护太后的英明决策。太后还让赵普作为见证，写下誓约，载入金匮。就这样，赵匡胤临死就把皇位传给了弟弟。”

“老太婆倒有点见识。”丁教授发出赞扬之声。

“哼，说得好听，真会有这样的事？大概是宋太宗登基后捏造的吧？”任教授完全不信。

“这就要你们去研究啦，”卜教授冷冷地说，“有人讲历史是个驯服的女孩子，任人打扮。尤其是官方的正史，更要多加分析。宋朝有没有这套章法，谁也说不清，反正赵光义登基后，不但没有打算把皇位传给弟弟、侄儿，反而百般迫害兄弟廷美和两个侄子德昭、德芳。几年后德昭就被逼自杀，又过两年德芳不明不白死去。又两年，廷美一再被贬到房州，迫害致死。他总算除尽心腹之患，可以放心大胆传位给儿子了。”

“好狠毒！”任教授不禁骂道。

“不仅仅是狠毒。赵光义的特点是又要当婊子又要立牌坊。赵匡胤‘病死’后，皇后看见光义，战战兢兢地说了一句：‘我们母子之命都在你手中啦！’光义就大哭道：‘嫂嫂放心，共享富贵。’但转眼就把皇嫂打入冷宫，死后也不许百官挂孝，谁提意见就打击谁。他把侄子德昭逼死后，装出又惊又悔的样子，抱尸大哭说：'傻孩子，和你说句笑话，你怎么做了出来！'还追封他一个王位。

"现在说到烛影斧声的事了。匡胤武艺高强，是北拳祖师，等闲人近不了他的身。他只做了8年皇帝，就在50岁正当中年时莫名其妙地得了重病。赵匡胤自知不行了，下旨宣光义一人进寝室，把所有服侍的人统统赶走。谁都不知他们讲了什么，只能隔着垂下的帘幕看到里面的动静，就像看皮影戏一样。只看到烛影之下，躺在床上的病人似乎要把什么东西让给光义，而光义几次躬身推辞。

"后来病人似乎急了，拿起床头的'柱斧'敲着地，大声地叫道：'事情急了，你好自为之吧！'说完就咽了气。灯也熄了。一会儿光义出来，号啕大哭，说圣上已驾崩，遗命传位给他。从此，太祖的天下就归了二房。这一出戏就叫'烛影斧声'。"

"一定是赵光义这小子搞的鬼。他捏造了什么杜太后誓约，又导演了这幕皮影戏，但谁会信他？"富有正义感的任教授义愤满腔。

"老任，问题并不简单。光义可以伙同赵普伪造杜太后誓约，但导演皮影戏恐怕不见得。你想，那么多宦官、宫妾都在外面守候目睹，弄不了假。如果光义进屋杀了哥哥，又怎么扮演'让天下'的戏呢？一个人演不来双簧。"讲究实际证据的过教授提出异议。大家激烈地争论起来。最后卜教授讲："所以这才叫做千古疑案哪。时候不早了，别争了，还是睡觉吧。"

冰　尸

风止了，天晴了，人人精神为之一振。经过我反复要求，工程指挥部终于同意我和过教授下到井底去参观考察。这口从冰层中挖出来的特号大井，已挖下百余米。工人们操纵着巨大的激光机，像用刀切豆腐那样切割冰层，形成一块块的棱体。巨大的吊机用蟹爪钳钳住冰块，慢慢提升。大井逐渐向下伸展。

中午，工人们停工进餐去了。我和过教授在高低不平的井底爬来走去细细考察。我特别注意是否有古生物冻结在冰块中。当我沿着底缘走到北端时，眼前忽然出现了一个模糊的阴影。我扶住井壁努力向外察看，离开井壁数十米以外的地方确实有一块黑影，估计有1米左右长，由于距离远，冰层又不洁净，具体模样看不清，好像是一头狼犬。我激动极了，叫过教授也来察看。他也肯定有东西冻在那里，并认为是个大发现。我们打电话给指挥部，报告在井外冰层中发现巨大目标，建议把它挖出来，也许在考古或历史研究上有重大贡献。

指挥部领导带了工人匆匆赶来。他们一致承认那地方确实冻结着东西，但对是否打一个水平洞过去意见不一。经过我据理力争，最后才同意抽调部分力量打一个水平洞进去查勘，必要时取样。这一下，我兴奋极了。

打水平洞比挖竖井要难。亢奋状态中的我守候在现场，昼夜不离，到第三天，水平洞才顺利接近目标。它的形态逐渐分明，而我的心也越跳越快，因为我们已逐渐看清楚，这不是动物，而是一个人！一个三尺来长的矮人！

水平洞挖到离冰尸5米处停了下来，我们现在可以仔细地观察了。这确实是具人尸，一个奇怪的侏儒的尸体。他头戴幞冠，身穿箭衣，腰扎黑带，足登厚靴。说他是具冰尸，不如说是个冰人，脸色如生，须发俱全，露出的肌肉饱满结实，仿佛正在熟睡中，只要喊一下就可以把他唤醒，绝对不像马王堆汉尸那样令人恶心。啊，这真是空前的惊人发现。

三天后，冰尸已被完整地取出，按照我的计划送到最大的808号博物洞中，放在冰台上。好在他全部冻在围冰中，洞里的温度又永远那么低，并无防腐处理的必要。

我和指挥部商量后，达成协议。白天冰尸供人参观，晚上闭门，由我们守护研究。后来，其实只有我一个人守护在他身边了，因为他是我首先发现的奇珍异宝，我对他永远不会失去兴趣。我又是研究生命冻结科学的人，我有权这么做。我已把睡袋搬进808洞，预备和冰尸长相厮守，做一个“忘年之交”。

开头几天，几位教授也兴致勃勃地陪我观测研究，大家各自发挥自己的专长：“这是个矮子。并不是因为长期冰冻而萎缩的。你们看，衣服很合身呢！这种矮人就是古书上讲的‘侏儒’，古代帝王很喜欢在宫中养个把侏儒供玩乐用。”

“他身上的衣服是典型的五代、北宋服饰。这人看来是千年前的人了。他的衣服说明他可能学过武艺，但又戴着文人的冠帽，奇怪！”

“你们看，他手中握的那只袋，这叫招文袋。啊，上面还绣着字呢……‘至道’元年，我记得‘至道’是宋太宗的年号，相当于公元995年。可确定距今一千多年。”

“从他的面貌手足情况看，是个中原、南方人士，不会是契丹人，为什么葬身北国冰域？令人费解……”

“北宋时，中原口音已和现在的接近，只是入声尚未消失，当然，所用词汇和现在有异。如果这个人能活转来，我相信不难与他对话。”

“如果这个人能活转来”这句话触动了我。真的，经过我这几天的细致观察和研究，他是能够活转来的。为什么不能呢？这和我在医院里为病人施行冰冻疗法完全一样，仅仅冰冻期长一点罢了。

也许，一个伟大的历史使命正落在我的肩上！

解　冻

指挥部终于同意了我的计划——对冰尸进行解冻，试图让他复活！因为我以令人信服的依据、十分严密的实施计划和我丰富的实践经验，雄辩地说明这样做的成功率极高——即使失败，也无非未能挽救一条早已死亡的生命而已，并无损失。我当然是实施这一计划的负责人了。现在人人以惊叹的目光看我，使我一跃而为工地上最受尊敬的大人物，我的地位一下子远远高过那四位一级教授。

根据我的要求，808号冰洞已全部密封，实行严格的空调。输氧机、输液机、心脏起搏机、血液循环机……各种急救设备和药品都集中到洞里。我当然住在洞里了。我还向卜教授借来一套大字本线装《宋史》，日夜攻读补课。

成功的关键是控制解冻速度和恢复机体运转的速度，稍一不慎就会毁坏已经十分脆弱的机体和潜伏千年的生命信息密码。这件事非由我亲自主持不可，我断然拒绝任何人好心提出的协助建议。我操纵着温度调节钮，先以较快的速度融掉冰尸外包的围冰，到接近尸体时，就采取"微调"方式进行。现在，这个人已全部清楚地暴露在我面前。他的肌肤和常人一样柔软，富有弹性，只是其冷如冰而已。我在尸体耳上切了一小块皮样在显微镜下化验，那细胞组织完好无损，使我对完成复活任务信心倍增。

我已在他的两臂、胸部、鼻部、脑部安设了各种治疗、急救设备和量测仪表。等冰尸的积冰化完、水分烤干后，我谨慎地控制他体温的回升，并慢慢开动各种激发器和按摩器。遥控的血压、心电、脑电、脉搏、呼吸等监测仪表开始颤动了。开始是杂乱地紊动，在我的精心调制下，逐渐导向有规则的单调上升状态。伟大的"复活"奇迹快要来临。

究竟定在什么时候使他真正复活恢复思维呢？我犹豫很久。从各种迹象判断，从星期三到星期六之间哪一天都能行。但现在很多人都要求亲眼目睹这一奇迹，使人烦躁不安。我承认我有私心杂念，我做出决定：在冰尸复活的那一天，只能有我一人在场，我将以获此殊荣而载入史册，不能让别人分享荣誉。请不要指责我，谁人没有这种追求和渴望？否则，就没有那么多人拼了命去夺取世界冠军，也没有人甘愿去冒奇险大祸了——这个主意我拿定了。

于是，我正式宣布，根据精确计算，冰尸定于星期六晚11时复活。在此以前，禁止任何人进洞打扰我的准备工作。我在洞口挂出了"请勿打扰""DON'T DISTURB"等大牌子。我的饭食都由服务员送到洞口的小箱中，我杜门不出，可以放心大胆、随心所欲进行处理了。

星期三——那永世难忘之夜！冰尸的体温已回升到36.5度，全身红润温暖，心脏已跳动正常，体内三大循环系统已经恢复运行。我全神贯注着冰尸的任何微细变化。当我手上的电子表响起晚上7点的报时声时，我发现他的眼皮动了一下，我的心快要跳出胸腔了，我揉揉眼睛，可不，他的眼皮在缓缓张开，接着嘴唇也在微微翕动。我立刻在他的嘴中滴进几滴"润滑触动液"，这对于启动休止了一千年的舌头、声带和咽喉的运转很有帮助。果然，他的喉咙咕噜了一下，眼珠转了一转，望着我开了口："俺在何处？尔系何人？"声音很低——毕竟是沉睡千年后的第一次发音呀——果然是中原口音，这些天我拼命向丁教授学习宋代语音文字，完全能听清。我激动万分，急忙俯下身去："兄长，尔身子虚弱，刚刚苏醒，不可多言。小弟乃汴京人士，偶过此地，见兄落入冰窟，特地救将回来。兄丧生已久，今得重生，实乃洪福齐天，可喜可贺！"我向他拱手作贺，尽量试图用"中原口音"和他对话，还特地把开封改作汴京，但还是说不像。幸喜他全懂了，显出激动神色，努力动一动双手，拱手答谢："兄长救俺高恩，日后结草相报。敢问兄长，当今是哪位圣上当朝？可是'至道'年间？俺已冻僵几年？敢乞见告。"

我犯了难，怎么告诉这位宋太宗时代的人现在是进入社会主义中级阶段的中华人民共和国时代呢。只好含糊其辞，告诉他那位皇上早已驾崩，天下已换过好多个朝代，大宋国已经没有了。现在是共和时代。他听了又惊又叹，感慨万分。只是听到"共和"二字又好生不解，问我这共和是哪位圣主，何方人氏。我搜索枯肠，回答他说："兄长，尔必读过太史公之《史记》，周厉王失政，周公召公相与协和，共理国事，称曰共和。今之世，亦犹此耳。"

他总算有些懂了。这一夜，我们一直款款长谈。我慢慢知道他姓夏，由于身材特矮，自幼被父母卖给江湖班子，取名变儿。后被进贡给宋太祖当做玩物弄臣。太祖又转赐给赵光义，从此他就服侍光义。他提到宋太祖时总是虔诚地称为开国圣上，提到光义时则含糊地称为官家。我问他怎么从汴京出来，葬身北国时，他就变了面色，吞吞吐吐不讲。我不便追问，而且复活伊始，不可过劳，便在输液中加入一些催眠剂，让他仍旧安静睡去。但我忽然想到，也许更令人吃惊的事就要发生了！

解开千古疑案

我决意在把复活的夏变儿“交公”以前，抢先从他口中挖出更多的秘密，以便写出独家报道和有突破性发现的历史论文来。接连两天，我都在深夜里使他苏醒，促膝长谈。我从了解他投奔北方的过程开始，力图撬开他的封存已久的心怀。我知道他还有疑虑，便开导说：“兄长，尔万里投奔北国，必有奇冤大恨，何不推心置腹一吐衷肠！况且当年那位官家早已驾崩，兄长又有何惧？”我的话打动了他，但他似乎仍心有余悸，嗫嚅地问：“官家真已驾崩？此地无宋国密探？”

“唉，兄长，那位官家非但死去千年，连陵墓也被金邦掘平，尸骨无存了！”我把借来的《宋史》翻到《太宗本纪》那一卷，放在他眼前。这一下他信服了：“赵光义死了？大宋也亡了？天理昭昭、天理昭昭！”他消除顾虑后，就讲出了自己的身世和所经历的一段奇事。原来，赵光义早就处心积虑篡夺大哥的江山，但又要做得丝毫不露破绽。他已建立一个心腹情报网，分布在赵匡胤的周围。

一天夜里，赵光义召集心腹紧急密谋；夏变儿作为他的宠物也蹲在脚边听。光义恶狠狠地说：“皇上已病倒，派人去宣召德昭入宫，打算传位儿子。钦差已被抓获。我非不能举事平乱，但恐遭天下异议。诸卿有何高见，速速奏来！”于是众人纷纷献计。那位以半部《论语》治天下的赵普，在光义耳边密语一阵。光义面露喜色，一把将夏变儿拉起，如此这般嘱咐一番。变儿听了心惊胆战，但身处淫威之下，怎敢不从？

光义解开衣服，把夏变儿裹在身上，披好大袍，缓缓入宫。由于有伪造的令箭圣旨，得以排闼直入。他声称皇帝单独召见他，嘱咐后事，呵退众人，进入寝宫，并灭了灯烛。匡胤见来的是面露杀气的光义，情知有变，正待呼救，光义早用衾被把重病的哥哥活活闷死。然后解衣放出变儿，睡在匡胤身上，盖好衾被，仰起上身，点亮灯烛，演出了推位让国那一幕。演完后，光义又灭了灯烛，仍把变儿裹在身上，这才号啕痛哭出来，宣称皇兄驾崩，遗命传位于他。还说他逊让再三，但圣意坚决不从，只得遵旨登基，继承大统云云，完成了一幕精心策划的政变阴谋。

我听得惊心动魄，如痴若醉。最后变儿说出他出逃的原因。变儿眼看光义残忍地闷死亲兄，登上皇位，他就患了心病，常常梦见太祖皇帝满身血迹在宫廷出没。光义登基后，愈来愈狡诈横暴，逼死太子、弟弟，强迫投降的国王后妃一个个入宫“侍寝”，强行污辱，用毒酒药死了写出“一江春水向东流”的李后主，最后甚至要害死自己的儿子，原因是他深得民心。那些帮助他搞政变的人当然也一个个被贬、被害。变儿觉得死亡阴影已笼罩头顶，只好选择逃亡之路。他暗暗盗窃了一些“通行符”，利用太宗出外狩猎机会向北逃亡。他想投奔契丹并揭发光义的罪行，不幸在历尽千辛万苦进入北国领域后遇上空前雪暴，失足坠入冰窟，从此沉睡了一千年。

变儿讲完他的经历后，咬牙切齿地说：“光义这厮实乃恶毒凶狠、犬豕不食，上天有知，定有惨报，要叫他死无葬身之地，子孙为人做牛马，女的给人做奴婢，方解俺恨！”

“兄长，你的话已应验啦。要知道百多年后，金邦灭宋，光义的陵墓早已掘开，尸骨都荡然无存。他那些不肖子孙——亡国时已有一千余口啦，什么王子王孙，杀的杀、逃的逃，什么公主后妃，还不都供金人淫乐去了。北宋的两个末代皇帝，都像你一样历尽千辛万苦，葬身于五国城。又过了百多年，元朝又从南宋的孤儿寡妇手中夺走了江山。你怨已解，恨已平，不必再动肝火了。”

我还要再说下去，忽然响起门铃声。我才发觉天已亮了。是指挥部领导来和我商量今天如何举行“复活大典”的事。我说了一句：“兄长，请暂安息！”就赶快在输液瓶中，加进足够的安静催眠剂，出去开门。

意料不到的失败

由于接连的长夜密谈，精神过分亢奋，在布置好“复活大典”的各种任务后，我再也支撑不住，沉沉地睡去。同志们都体谅我多日来昼夜苦战，劳累不堪，见我沉睡不醒，没有叫醒我，按照我的布置做好一切准备。

直到下午3点，人们才把我推醒。我来到808洞室中，地方政府首长，指挥部领导和有关专家都来了，当然也少不了我那四位老师。我得意扬扬，因为现在这个世界仿佛以我为中心了。我首先发表了一通演说，从人体科学的基础原理讲到我正在研究的生命冻结与解冻科学。后来指挥长不得不提醒我时间已经不早，应该进行操作了。

“忙什么，早着呢！”我不礼貌地瞪了他一眼，结束了意犹未尽的讲演，胸有成竹地宣布：“现在，冻结了一千年的冰尸即将复活，恢复知觉，并将向各位致意、拱手。请各位注意我的操作。”我边说边熟练地启动各种按键。真的，我已经使他复活过三次，畅谈了三夜，今天再使他永久复活，那会有什么困难？

一切机械都启动了，出乎我意料的是，心电、脑电、血压、呼吸……种种仪表毫无反应。我满头大汗，把机器运行速度再行加大仍然无效。相反，他的肌肤上竟出现一块一块的尸斑，僵硬了。

我目瞪口呆，不知所措。我静下心来把所有仪表设备一一核查。查到输液瓶时，我的心脏似乎突然停跳了：原来，今天清晨，指挥部同志来敲门时，我在慌忙之中，把一种消毒药水误当做镇静剂倒入了输液器中，而且倒得那么多！这一次，夏变儿是真正死亡了，他并不是被突然冻结，仍能保留生命信息，而是药物已经摧毁了他的一切生机。并且，由于他已冻结千年，机体已十分脆弱，真正的死亡降临后，就以极快的速度变质腐烂，谁也无法挽回。

“复活”已百分之一百失败，我昏倒在台边。人们不得不先抢救我，再

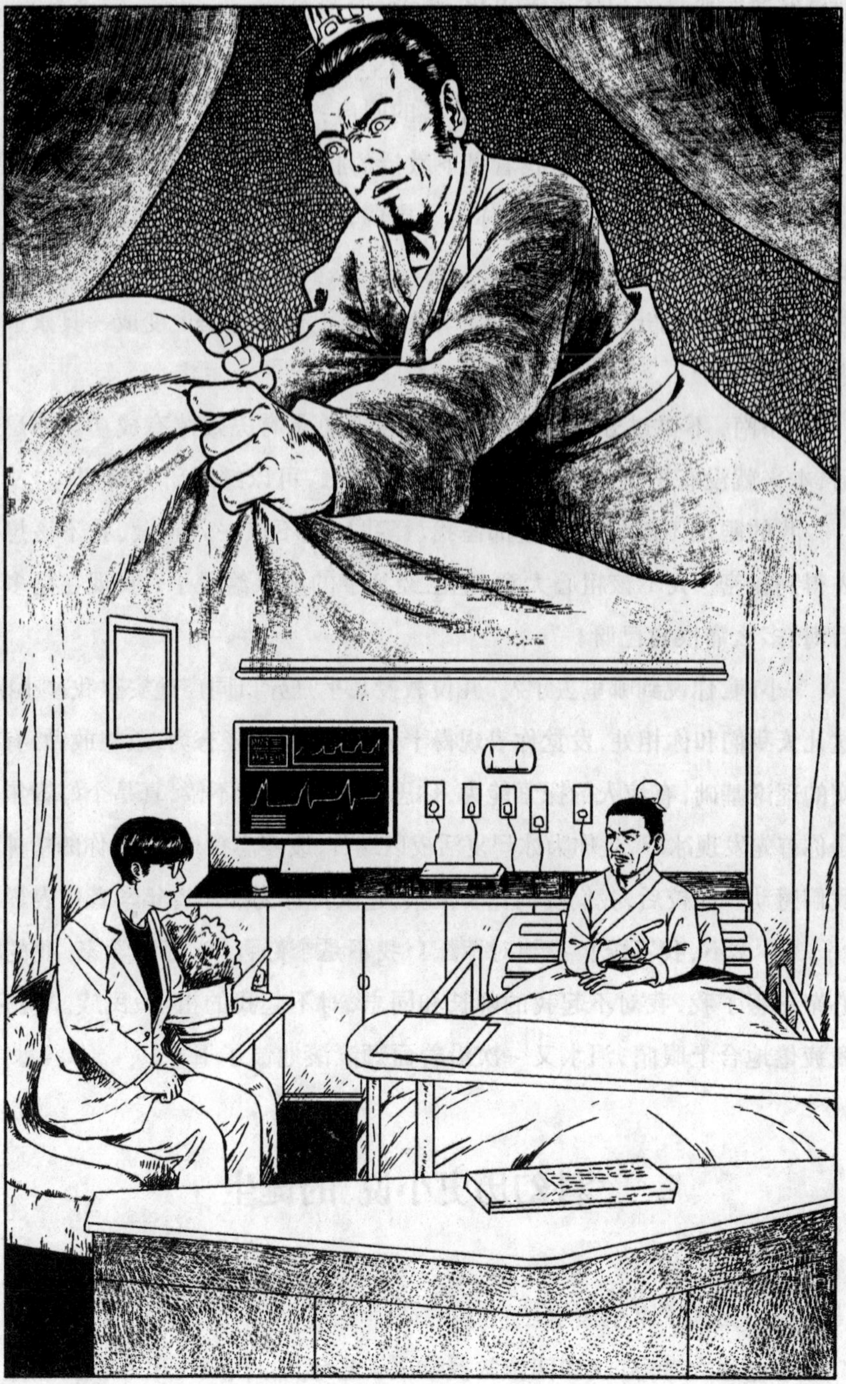

把已经散发恶臭的尸体运走火化、消毒。

当我苏醒后，身上已插入输液器，代替那具冰尸躺在台上。我张开眼睛无力地张望一下，就听到一阵欣喜的叫声："他醒了！他醒了！"几个围在我身边的人俯下头来。我看见卜教授的脸、指挥长的脸……我想讲话，指挥长亲切地对我说："小南，你身子虚弱，刚刚醒来，不可多讲话，等精神复原再说。"

哎呀，我似乎已变成一具冰尸了！我恨不得自己马上变成一具永远失去知觉的冰尸！

"小南，不要过分难过。任何科学事业总是有失败才有成功。冰尸复活，本来就没有把握嘛，你失败了算不得什么，可以继续研究嘛。"

我的眼泪不断涌出："这都怪我、怪我！我不该一人独做，我不该想抢先得到秘密。我不该粗心大意，把已经到手的成果给毁了。我现在是多么后悔、多么痛恨自己呀！"

"小南，你说到哪里去了？"几位教授几乎是异口同声地安慰我："小南，这几天我们和你相处，发觉你表现得十分出色。你年轻有为，敢想敢做，有扎实的理论基础，有惊人的探索能力，你思想解放，好学不倦，真是个好青年。是你首先发现冰尸，是你为冰尸复活夜以继日、废寝忘食地努力，你的精神使我们感动。回校后，我们要向党委汇报，建议评你为杰出青年学者代表。"

"不不不，我不配！我绝对不配！我不是个好青年、好科学家。我的私心杂念害了我，我对不起我的师长和同志，对不起我的祖国、民族。"说完，我疲倦地合上眼睛，泪水又一次沿着面颊滚滚地流了下来。

"科幻历史小说"的诞生

我们回到了京华大学。

通过这次考察，我和四位教授结成了忘年交。我成为出入教授联谊室的常客了。一个周末之夜，我们五个人又在联谊室中聚会了。窗外又起了寒风，气温降到零下15摄氏度，令人不禁想起大冰谷的那段经历。不过现在房内是温暖胜春，用不着钻在睡袋中对话，我们躺在沙发上品茗喷烟，悠然自得。

自然而然地，话题又扯到冰尸复活试验失败的事。卜教授关心地问我，在经受了这一次挫折后，是否打算放弃课题、改变目标——譬如说，改攻北宋史，他正在招博士生呢！

我感激地望了他一眼，低声说："实际上，在大冰谷我已经成功了。冰尸复活了。只是由于我的私心杂念和粗心疏忽，在最后关头失去了千载难逢的机遇，这是我终生憾事。关于北宋史，我很感兴趣，但只想在业余研究。不久打算提出一篇有分量的关于一种古文字的论文。"

卜教授还未答话，丁教授先笑出声来："小南，每个人都有荣誉感、虚荣心。我们都能理解，但事实总是事实。冰尸不可能复生，已成定论，你也不必说掩饰的话了，不要再去幻想了，否则对你的精神状态不利。试验失败无损于你的钻研成就！"

几位教授一致赞同地点头而且从不同的角度劝慰我。我激动了，红着脸站起来说："我以人格向你们保证，我没有掩饰也不是在幻想。我确确实实成功了，而且使冰尸复活了三次，谈了三夜的话。我本来不想再提这些事，但你们这样不相信我，我只好说出全部真相和最后失败的原因，虽然这会影响我的品德声誉，但我也顾不得了。"于是我把在那三天里我和冰尸间的全部对话尽可能逼真地讲了出来。

四位教授长久没有开口，都在香烟的烟雾里沉思，最后卜教授先开了口："哈哈，小南，我只知道你在生命科学上有造诣，想不到还是一位编故事的高手。你讲给我们听的故事花了多少时间才构思出来的呀？哈哈哈！"其他三位教授也随同大笑起来，我被激怒了，高声说："尊敬的教授们，这不是故事，是事实！"

"事实？"过教授大笑起来，"那么请你拿出或举出一点真凭实据——

哪怕是一点点也好。”

“真凭实据？难道我亲自和冰尸的对话不是真凭实据？请问还有什么更充分的理由可以解开烛影斧声之谜？”

“这些怎么能称得上真凭实据？都是你讲的故事罢了。哪一位说书先生都可以另编一个更高明的故事。我问你，你和冰尸对话有其他人听到吗？”

“没有。”我懊丧地说，“我本来完全可以请一个人旁听的，作为人证。可是那样我就不是冰尸复活时唯一在场的人了。我真后悔！”

“你身上不是有只高级微型收录机吗？你录下冰尸讲话的声音了吗？”

“没有。”我悔恨地敲打自己的头，“我没有想到这点。我认为他反正会复活，而且可以活很多年哩，何必忙在这一时呢？”

“你曾经让他写下一点材料吗？哪怕是几个字，你不是说他的手已能活动了吗？”

“没有，我没有想到这一点。”

“那么你有什么办法使我们相信你讲的是事实而不是一个美妙动人的故事呢？”

“不管你们相信不相信，反正这是事实！铁一般的事实！”我愤怒极了，我转向丁教授恳求，“教授，我怎么做才能使这件千真万确的事使人相信呢？你出个主意吧！”

丁教授猛吸了一口烟，然后慢慢地说：“我倒有个算计。我想，最好的办法还是你把它写成一篇小说——科幻小说。既要实事求是，又要生动活泼。是不是事实，让千千万万的读者去判断吧。”

这番劝告促使我首创了“科幻历史小说”这种体裁。也许，这篇文章将成为弄清这件千年奇案的唯一证明。

宋徽宗之死

不打不相识

已经是第二个年头在工地过春节了。窗外传来一阵阵人的喧哗声和机械的轰鸣声。由于工期紧迫，春节也没有停工。我不太理会这些，仍和去年一样，躲在工程监理处的小楼里饮酒度岁。与去年不同的是：今年我邀请了文物局代表宋斯萌和业主代表邝达曼和我共度除夕——留在工地过年的大男大女大约只有我们三位了。

我使出浑身解数，精心制作了几道家乡名肴，还备上一瓶五粮名酿来招待这两位嘉宾。别看我们现在厮混得很熟，情同手足，其实，相识也不过两三年，而且在初相识时还闹过不大不小的别扭，夸大一点讲，真叫"不打不相识"。

和斯萌的初次见面，是在四年前召开的"光明特种材料研究所基建工程设计审查会"上。那时我还在建筑设计院里工作。这份待审的设计书就是我的杰作，我自信设计书的质量堪称优秀。不但方案合理、论证有据，而且技术先进，造价、工期两低。更具特色的是文字结构严谨，通畅流利，即使达不到进《古文观止》的水平，作为"作文范本"可是绰绰有余了。加上我在会上临场发挥，口吐莲花，说得那些上了年纪的审查委员连连点头，眼看

就可以顺利通过,不想忽然从座中站起一位女委员,侃侃发言:

“我认为设计中对文物发掘保护方面考虑不够,所列经费过少,也没有得到文物部门同意。作为文化界代表,我不同意。要求设计院按国家有关规定重新编制,并应和我们随时联系,听取我们的意见。”

这正是半路杀出程咬金,阵势大乱。我斜眼觑去,那是个瘦伶伶的女同志,瓜子脸,还有几点淡淡的雀斑。后来知道她是文物局的宋斯萌处长,一个有名的泼辣的老姑娘。年少气盛目无余子的我岂能忍受,站起身来激烈辩护。我从工地的地理位置——靠近松花江的边荒地区说起:这地方到现在还属于穷困地区,可想而知在往昔是如何的渺无人烟了,哪里来多少“文物”?接着我又大谈勤俭节约的民族传统美德,狠狠批评那种不讲具体条件大手大脚的错误做法,力主概算决不能再增加……我发挥得淋漓尽致,自我感觉极其良好。但那位宋处长不为所动,用简单但坚定的言辞一次次地驳斥我的理由,看来她对工地的历史地理条件以及法律制度方面的知识比我知道的多得多,似乎句句话都有根有据。几个回合下来,我就招架不住了。在情急之中,我失去了礼貌,气呼呼地说了句损人的话:

“拆穿了讲,文物局不过想雁过拔毛多弄几个钱发奖金罢了。你们到底要多少,干脆说个数,别在这里纠缠不休。”

这话激怒了老姑娘,她愤然起立:

“我抗议钟工程师这种污蔑性的话,如果他不道歉收回,我就退席。”

事情闹僵了,幸亏一些老委员都是“和稀泥”的老手,慌忙劝止了斗争的双方。最后会议决定,责成设计院会同文物局重编文物保护一章另行送审。这在我的个人奋斗史上是少有的败仗。就这样,宋斯萌作为文物局代表来设计院和我重编那一章内容。开头时我对她忌恨有加,还让她穿过好些玻璃小鞋以泄私愤,但相处一年下来,她的坚定、直爽、公正的性格渐渐感动了我,尤其她在文史方面渊博的知识,实非浅显如我辈所能望其项背。加上她在生活上对我的关心照顾,在“重编”工作完成后,我们间的芥蒂已经全消了。两年后工程开工,我调任工程监理处副总监,她也来担任生态环境监理，我们就像姐弟一样相处无间了。

至于我和邝达曼的交情要短一些。那是开工后两个月，研究所忽然把他们派驻工地的总代表召回另有任用，改派他来继任。我到火车站去接他时，发现他是位戴着深度近视镜、有些迂腐气的“老九”。“此子可为我所用”，我暗中对自己说。所以开始时我们相处得不坏。毛病出在一次夜间小酌。我多饮了几杯五粮液，头脑醺然，也控制不住自己的舌头了。我在吹了一顿自己在建筑结构上的造诣后，挑战似的问他：

“达曼，听说你们这个‘特种材料研究所’就是研究玻璃的，是吗？”

“嗯，不能说玻璃，应该称为光学材料。”

“光学材料？别吹得那么好听，玻璃就是玻璃嘛，何必脸上贴金呢。达曼，这玻璃有什么好研究的，还要盖什么研究所大楼，我看你们也是花国家的钱不心疼，弄些皇粮养几个人吧。”

达曼把酒杯一放，抹下脸来厉声道：

“我不许你贬低我们的研究工作。你不要狂妄自大，你肚子里有多少货色！玻璃，你知道玻璃有多少奥秘？几代科学家都研究不穷。像你这样浅薄的人，磨成粉还不配当玻璃的填料呢。”

后来的事我有些记不清了，反正两个人动了全武行。我打碎了他的“酒瓶底”，他砸烂了我的祖传瓷酒壶，直到邻居闻声而来把他架走。此后，我们有半个多月彼此不搭理。但接着我患上重感冒转肺炎，还是他首先发觉，护送我上医院。从医院出来后，我们彼此说着道歉的话，形容词都用上最高级。我们的友谊才又恢复了。我们经常夜饮，但达曼坚决不许我过量。“以半斤为极限——为了我们的友谊”，他经常这么说。

这些往事如过眼云烟，我们终于成了知己，也不怕别人说我们开三家店。由于我烧得一手好菜，逢年过节总是我设宴款待他们。大除夕就更不必提了。我们饮着佳酿，品着佳肴，信口漫谈，窗外下着鹅毛般大雪，室内温暖如春，也是人生一乐。我又打趣宋斯萌：

“我的宋大姐，开工到现在也没挖出半块秦砖汉瓦，看来你的预言要落空呢。”

“我宁可自己的预言落空，也不愿挖出个文化堆积层，逼得研究所所址搬家，你这个设计负责人就要哭鼻子啦。你知道我是最怕小弟弟哭鼻子的，眼泪鼻涕一大把的呀！”斯萌反唇相讥。

“我估计文化层是挖不出来的，”达曼夹了块糟鱼放在嘴里品味，“就怕碰上软基，要处理，就影响工程进度了。小钟，你们的勘探点好像太少了。”

“大哥休得惊慌，山人自有算计。从宏观调查到微观分析，这里不会出现什么软基的。”我放下酒杯，拍打胸脯。

正在酒酣耳热之际，电话铃却扫兴地响个不停。是谁这么败人兴致，我恼怒地提起话筒，但还来不及容我发话，现场指挥胡工程师的大喉咙就响了起来：“是钟工吗？快到现场来。在厂址的东北角，出现了一大块软基，比淤泥还差，一台推土机已经陷了下去，我们挖出了好些莫名其妙的东西，你快看一看……”

我愕然地立着不动。斯萌和达曼再也不打趣我了。他们也站起身来，帮我披上大衣：“小钟，别着急，我们陪你去看一下。”

工地挖出个大粪窖

半小时后，我们三个人匆匆来到开挖现场。呈矩形的研究所和实验工厂的地基已大致开挖出来，在东北角围着许多人。胡工程师一眼看到我就大叫：“钟工，你来了。哦，邝代表和宋代表也来了。好极了，好极了。”他带我们挤进人丛，急不可待地责问我：“钟工，设计文件中讲得很清楚，这儿的地基全是岩基，可是我们挖到东头就出了大毛病。你瞧，连推土机都陷下去了。”我顺着他的手看去，果然有一台巨型推土机已没入地面以下，只露出个翘起的屁股——驾驶座。“我派人做了触探，沿这条线以东竟是淤泥一样的东西。我调了一台抓斗机过来，已抓起一大堆破烂，倒在那边。这究竟是什么道理？”

我们这才注意到有一台抓斗机停在“安全区”内，正在抓取“软基”中的东西，一堆堆地倒在地上。宋斯萌听到“破烂”二字，突然两眼闪闪发光，也不说一句话，立刻奔了过去，在“破烂”中掏摸起来。一会儿她站起身来，手里捏着一个破的陶茶壶盖在空中挥舞，兴奋地叫道：“这不是破烂，这是丰富的文化堆积层，大丰收、大丰收！”那模样简直像猫头鹰抓到一只肥大的田鼠一样。

“他娘的！”我心中暗暗诅咒，“又是软基，又是文化层，这光景简直不让我这个设计师活了。”我不高兴地瞟了兴冲冲奔过来的宋斯萌一眼，挖苦地说：“宋姐，你又发现什么宝藏了，这么高兴？”

“你看，这是我在土堆里发现的陶片。这是一种粗陶器，是北方少数民族烧制的。从质地、造型和花纹上分析，可以初步认定这是金代的产品。所以啊，这文化层表层就大约有八九百年历史了。我估计下面一定能发掘出更重要的文物来。”

“就算这个破茶壶盖是几百年前的东西，天知道是什么人在什么时候丢在这里的呢？也许是前几年刚被丢弃的吧，根本不是什么文化层。”我不服。

“问得好，但是请你仔细看看这个碎片。”宋斯萌胸有成竹地把破盖放在我的手中，“你看，这壶盖外形是走了样的，这显然是烧窑时出的废品，谁人会把废品保留下来呢？可以断定这是在熄火取出成品后就把废品剔除废弃的，我估计在这里可以找到不少这种‘废品’——现在可成了宝贵的珍品，而且我敢打赌附近肯定还有一个土窑的遗址。”

“我不管你们争论什么废品珍品，我亟待知道这软基是什么东西，范围多大，我们的工程怎么处理？”胡工程师打断了我们的对话。

“胡工，不要着急。听我说，”我镇静下来，“这里不可能出现大娄子的，让我来补充查勘一下吧。”我打开随身携带的快速物探箱，接上电源，开启计算机和激光光源，对地层表部进行浅层扫描和反射分析。这是我们研制

成的最新设备,不用多少时间,在屏幕上就揭露了“软基”的真相。我细致分析后,心中了然,就挥手让他们过来,郑重宣布:

“现场的地基确实都是可靠的岩基,除了几条断层和岩脉外,不存在大面积的软基,我们的勘探结论是可信的。至于说到这里出现的问题,现在也真相大白了,”我用手指着屏幕,“这是一个大石坑,或者说是一口深井。平面范围是30米宽,40米长,深达80米,这显然是一口人力挖成的井。由于我们的勘探网格是按100米的间距布置的,它凑巧漏了网。但不会影响我们的工程,只要把坑内的堆积物挖除,回填石渣,再在表面浇一层混凝土就行了。”我侃侃而谈,指挥若定。

“可是这要挖掉近10万立方米堆积物,再回填10万立方米,还说不影响工程!”达曼双眉紧皱。

“人工开挖的?我很难想象,近一千年前的人能在岩石里挖出这么大的井来。要知道,那时可没有凿岩机和吊车啊!”宋斯萌提出疑点,许多人都赞同地向我投来怀疑的目光。

“古代人并不比我们笨,这里刚巧有几条断层交汇,又有岩脉穿插,风化又较深,形成天然的破碎带,不用炸药也可以挖深的。”我反唇相讥。

“请问钟大工程师,他们花尽心力挖这么个大深坑又干什么用呢?是抽水马桶的化粪池吗?”斯萌还是不死不活地挖苦我,引起人们一场哄笑。我恼羞成怒,恶声说:

“尊敬的宋大姐,这个问题应该由你们搞历史的来回答。如果要问我,我要说你还真的说对了。根据物探结果,这口大井中堆存的东西很复杂,有淤泥、沙子、腐殖质、沥青,还有些已分解变质的油脂和其他有机质,而且还有人和动物的残骨,也许正是古人修建的一座大粪窖。”

突然,从抓斗机那边传来一阵惊叫声和喧哗声,原来抓斗抓起的一大块板结土上挂着一具可怖的白色骨架,我们都发了一会儿怔,达曼喃喃地讲:“也许不是一个大粪窖,而是个大弃尸坑!”

可是斯萌没有理睬,她像一头猫头鹰看见一只田鼠那样,奔向骨架去了。

太阳变成了月亮

在讨论如何处理这个大粪窖——或者弃尸坑时，发生了激烈的争论。达曼和胡工主张多抽调几台抓斗机，加速挖出堆积物，再用载重卡车运到弃渣场上。宋斯萌断然拒绝。她认为这个石坑大有讲究，应重点发掘。她主张抽调一些有经验的文物工人，逐层仔细清理，万万不可搞破坏性施工，“那将是对历史对子孙的犯罪。”她加重语气说。

达曼听了大不以为然：“照你这么搞法，这10万立方米的历史垃圾什么时候才能清理干净？工程还要不要搞了？影响科研进度谁负责？”

“按照你们的方式去搞，这10万立方米可能埋有重要文物的历史遗址就会被完全破坏，造成不可弥补的损失，你们又有谁敢负责？”斯萌寸步不让。

置身事外的我，坐在椅子上悠闲地点上一支烟，跷起二郎腿，眯着眼聆听他们之间的舌战，时而给双方注上一点“助燃剂”以增加乐趣。但双方闹得不可开交时，还是由我提出了一个“和稀泥”的方案：在竖井侧面架设起高速运输皮带，随着井中堆积物的清理，皮带也跟着下延。由施工处雇用一批有经验的开挖工，在文物局代表的指导和监理下高速挖掘。如无“珍品”，就倾倒在皮带机的进料斗中，可以快速转送到地面运走；发现“珍品”，就连同周围的土壤一起挖出，放进预备好的木箱中另由吊车吊走。如果有“国宝”级的大收获，那就专案处理。虽然双方对这个方案都有些不满，最后总算求同存异地被接受了。

于是，宋姐回城去搬来不少援兵，分成小组，日夜在现场轮值。开始时，他们把挖出来的每块碎陶破瓷和断骸残骨都当做“珍品”，一一封存。后来这类珍品收不胜收，泛滥成灾，宋斯萌只好提高规格，只选些成件的陶器或是有研究价值的遗骸才装箱。发掘到石坑下部，尸骨成堆，达曼所说的“弃尸坑”看来是言中了，而且发掘出好些真正的殉葬珍品，甚至还有一两件“国宝”，这使斯萌陷入亢奋状态。

由于要处理文化层，东部范围的工程只好暂停，整个进度也有所放缓，我和达曼倒因而轻松不少。时间过得也快，转瞬一个多月过去了。这天下午，日长无事，我约了达曼去现场溜达。现在，工地上已是另一幅景象。大井已挖深了一半多，我们站在井边下望，只见一堆堆的工人用特制的工具细致地刨着土，小推车来回如飞，斯萌和她的助手们手脚不停地监视着，时而有一大箱的“珍品”被吊车隆隆吊起。我和达曼好奇地乘升降机下到开挖面看热闹。只见白骨成堆，狰狞可怕。我蹲在一具遗骸旁仔细地观察了一番。这具遗骸较长，想见当年一定是位颀长的男子，不知何年何月被弃尸于此。我正浮想联翩，忽然发现尸骨旁的土中有一块白色东西。挖出一看，原来是颗晶莹的玉质印章。我心中一动，四顾无人注意，就顺手牵羊装进裤袋。

然后我们又回到地面，看到挖出的废土已堆成小丘。这些经过文物专家鉴定后的废弃物散发出难闻的气味，夹杂着可怖的骷髅。我们掩着鼻子，绕着土丘巡视了一圈。一块淡黄色的石头片忽然引起了达曼的注意。他俯下身去，端详了一番，又使劲将它从土中挖出来。他找了些废纸擦干净表面的表土，用双手捧住朝向太阳照看了一下，立刻发出一声惊呼，把我吓了一跳。

“达曼，什么事呀？”达曼没有作答，他又一次举起石板对准太阳，显然他在通过这石板窥视太阳。半晌，他吃力地放下石板，用手敲敲额角：“天啊，我发了疯吗？”

这块石板呈正方形，我估计边长约30厘米，4~5厘米厚，颜色淡黄，好像是一块半透明体。我推推达曼：“你怎么啦？对石头发生兴趣了？这堆废渣可是经过我们的文物专家过滤过的呀，不会有什么珍品和国宝留给你的，你发什么呆！”我见他仍不作答，继续发挥：“我看这是一种板岩，由于容易一片片地剥离开来，老百姓常常用它当做瓦片盖屋顶用的。这块板岩看起来有些半透明，也许还利用它当天窗用呢，可以说是块天然玻璃吧。你喜欢它，尽管搬回去好了，不会有人告发你盗窃文物的。”

“半透明，天然玻璃？……”达曼迷茫地喃喃自语。他忽然抬起头来直瞪着我，两只眼珠似乎要从眼眶中突了出来：“小钟，你曾经看到过一块玻璃能够把太阳变成月亮吗？”

“你在说什么？你真的发精神病了吗？”

“你自己去试试！”达曼向那块天然玻璃指了一下。我怀疑地用双手捧起“玻璃”——那家伙大约有十多千克重，使劲举起来朝向太阳。天啊，通过“玻璃”望出去，天空上竟然挂着一钩新月，放射出淡淡的清光。我双腿一软，几乎栽倒在地上。达曼慌忙扶住了我。我无法置信，向“玻璃”望了又望，看了又看，不是新月又是什么！尽管明亮的太阳高悬头上，阳光令人目眩。这一下子我再也说不出俏皮话了，呆呆地立着不动。

达曼仍然盯住那“玻璃”，不语也不动。好一会儿，他猛然拉住我的手激动地说：“钟工，请你快快招呼司机过来送我回筹建处，我要立刻开展研究。我猜想，我们可能已经得到一块地球上甚至是宇宙间独一无二的珍宝了。”

两个劳改犯

我吃早饭时，在食堂中遇到了宋斯萌，把我们在废料堆上找到一块奇怪的石片，“能够把太阳变成月亮”的事告诉了她。她轻蔑地向我眨眨眼睛，分明是不相信我这个经常愚弄她的“弟弟”。我光火了，拉着她一起来到达曼的办公室。

“达曼，你还在研究这块天然玻璃吗？”我们走进办公室时，看到达曼正全神贯注地用一些不知名的仪器扫描着那块神秘的石头，就招呼了一声。他抬起头来望了我们一眼：“啊，小钟，宋姐，你们来了，请坐。我仿佛进了迷魂阵，被这块神秘的天然玻璃愈搞愈糊涂了。它的分子晶格排列十分特别，不同于任何一种材料，它既透明又不透明，它是一面魔镜，又是个宝库，一座迷宫，里面蕴藏着无限的秘密。它很敏感，压力、温度、湿度的变化都会使它的性能发生变化。这到底是什么东西，又是怎么来的？我百思不得其解。你们帮助我破译这个谜吧。”他站起身踱起步来。

我捧起那块奇石，装作内行的样子摸摸敲敲，并介绍给斯萌：“宋姐，就是这块奇石，你见到过这种东西吗？”

斯萌把奇石竖立在茶几上，翻来覆去地摆弄着，忽然听到达曼一声惊呼，他喊道：“宋姐，你扶住那块石头不要动，你们看对面的墙壁，那墙上是什么东西？看呀！”

我们呆了一下，向对面望去，只见雪白的墙壁上出现一块模糊的阴影。仔细辨认，可以隐约看出其中有些黑影在活动。达曼奔了过来，扶住奇石，慢慢调整方向，还招呼我们移动小茶几，几经调试，墙上的画面逐渐清晰起来，好像是一台旧式的黑白电视机屏幕。

我们索性把门窗关上，拉好帘子，然后共同观看这部无声黑白“电视”。我看了一下手表，正是上午9点，“电视”中放映出来的却是黄昏时候的景象。画面上出现的是一间破旧房间，房内空无一物，只有一个土炕，点着一盏暗淡的油灯。炕上盘腿坐着一个人，炕下还站着另一个人。在眼睛适应了后，我能清楚地看出炕上坐的人年龄较老，约摸六七十岁吧，形容憔悴枯槁，一只眼睛已经瞎了，面上髭须盈腮，头顶长发蓬松，身上披着一件十分龌龊的长袍，还用一根草绳系在腰间，喃喃地似在诉说着什么。炕下站着的人比较年轻，约摸三四十岁，也是一副穷困潦倒的样子。

我咕哝着：“这好像是两个服苦役的劳改犯，真穷得可以。看样子也不是近代人。宋姐，你博学多才，古代是不是也有劳改犯，搞过什么‘文化大革命’，建过‘牛棚’的？你能从衣裳上看出他们是哪个朝代的人物吗？”

斯萌困惑地抓抓头皮，自言自语：“长袍，束腰带，发髻……坐相……看样子是八九百年前的金代装束，和大坑中的文化遗址年代一致，”她无意中碰了一下奇石，墙上的画面顿时凌乱，过一会儿才恢复稳定。"但是这块石头怎么会像电视机似的放出画面来呢？我真怀疑我们是否在做梦！达曼，请告诉我，这是什么道理？"

达曼皱起眉头默默地思索着。半晌，他抬起头望着我们，眼中闪出兴奋的光芒："宋姐、小钟，我想我已解开了这个谜团。我们可能在无意中得到了一件真正的稀世奇珍，一块地球上甚至是宇宙间独一无二的材料。"他用一支铅笔敲敲奇石的边缘："就是它，这就是科幻小说家描写过的，光学家们梦寐以求的宝贝——慢透光材料。"

"慢透光材料？"我们异口同声地问。

"对，慢透光玻璃！"达曼提高了声音，"这是一种神奇的材料。我们都知道，光线从一种介质射入另一种介质时，光速有所改变，方向角度也有变化，但光速的变化很有限。而对于慢透光玻璃来讲，情况完全不同。光线射入其中后，就像进入了迷宫，弯弯曲曲，拐来拐去，转不出来。等它历尽曲折钻了出来时，已经几百年过去啦。所以，我们通过这块玻璃所看到的，以及从这块玻璃中放出的光线在墙上映示出来的，都不是当前的情景，而是几百年前的情况。这才能解释为什么它会把太阳变成月亮，它会在墙上放映出金代奴隶的生活实况。你们说，这样的解释合理吗？"他瞪起眼睛要我们表态，那架势大有顺我者昌逆我者亡的样子。

我们被他的架势慑住了，而且说实话我们所拥有的那点光学知识也贫乏得可怜，开不得口。但我素来有不服气的习惯，想了一下，反驳说：

"达曼，我们可没有你那么高深的光学知识，但是我记得光在真空中的速度达到每秒30万千米，要穿过这么薄的一块石板，所需时间简直短到不可思议。现在居然要花上几百年，这也未免太神奇了，简直是天方夜谭！"

"有什么神奇？只要这块玻璃能使光速减缓十多亿亿倍，穿过它就得数百年。在数学上讲无非是在10的右肩上添个负指数−17罢了，不费吹灰之力。"

"但是这块石头怎么能使光速减缓10亿亿倍的呢？"斯萌也不大相信。

达曼又皱起眉头："这就是我要继续研究的难题了。还有这块石头的来源，总不能像《红楼梦》那样说它是女娲补天用剩的吧。我目前的猜想是：这块石块曾经历过巨大而复杂的地质构造运动，它的分子排列十分奇特，光线通过它时要发生无限次的反射，走过极其曲折的道路。可以想象，现在还有无数光子正在这座迷宫中拼命穿梭，它们最后都要一一放射出来，带给我们许多信息。"

"而几百年前，这里的老百姓无意中捡到了它，在修房子时就用它做了窗——或者瓦，它就记录下当时发生的一切。最后房子塌了，它也同其他废物一样被丢进了石坑，直到今天才重见天日。"斯萌有些信服了，又补充了上面这段话。

我可没有兴趣听他们对话，还在观看"电视"。只见那个老头颤巍巍地从长袍内摸出一个东西，用手擦着，又放到脸上去亲，我看清后不由得失声叫了一声，达曼和斯萌立刻回头看我。"什么事，小钟？"他们齐声问。

我感到头脑有些昏沉，吞吞吐吐地说："宋姐，我向你坦白一件事。都怪我太自私，那天我在大井的开挖现场上，在一具尸骨旁边捡到一颗印章，我就带回来做纪念品了。昨夜我还把它洗了一下，上面有四个篆字，我也不认识。刚才我看见这个老头子从长袍里掏出一颗东西，好像就是那颗印章，也许从这里可以搞清他们是什么人……"

我还没有说完，斯萌就几乎跳了起来："快，快，快去把印章拿来！"

等我把印章拿来，斯萌立刻抢了过去。看了一眼，她的眼睛突然张大了。"道君皇帝！"她叫道，"你们知道这个老头子是谁？他就是北宋的昏君、风流天子宋徽宗赵佶！炕下的这个年轻人一定是他的儿子宋钦宗赵桓！奇石中放映出来的就是他们两人被俘至金国做奴隶受辱的珍贵史料！这真是激动人心的事件呀！"

我们都吃惊匪浅。我又怀疑地说："宋徽宗？这可能吗？我记得史书上说，宋徽宗被金人掳去，囚死在五国城。据考证五国城在吉林依兰县，离开这里有两三百千米呢，怎么可能弃尸在这个坑中？"

“是的，根据正史，宋徽宗是在南宋绍兴五年四月死在五国城的，年龄是54岁，但这都是金国的说法，而且南宋在过了‘两年’后才获悉此讯。根据南宋人编写的一些野史如《南烬纪闻》、《宣和遗事》记载，金朝皇帝时常把这两个俘虏移来转去，宋徽宗最后被移到均州，死在均州，时间在绍兴六年，即公元1136年。我们现在这个地方正是当年的均州呀！当然，很早就有人说这些野史荒谬不可信，但反正是疑案一桩。这以后再说吧。达曼，现在我们只能看见形象，听不到他们的声音。求你快想法子让我们听到他们的话吧，我真急不可待了！”

达曼又一次皱起眉头：“声音也是一种波动，也以一定速度在介质中传递，但我不知道透过这块奇石出来的是哪一年的声音，振动的强度有多大，能不能增益到可以让人听到的程度。但我会努力研究的。”

九弟不肯救父兄

达曼立刻投入紧张的研究之中。他请示上级后，把工程任务交给一位副代表负责，自己干脆搬进材料实验室中去住。一星期后，我和斯萌去实验室看他时，他已把那块奇石装在精密万能实验机上，前面架设了一块高级屏幕。奇石周边缠绕着许多线圈，还布置了大量摄像、录像、录音和控制用的电子设备，简直像巨型飞机中的驾驶舱一样。

“达曼，看你红光满面，研究工作一定大有进展吧？”斯萌边打招呼边问。

“大有收获，突破性的进展！”达曼笑容可掬，满脸春风，他让我们坐下：“现在已查清，这块奇石确实是块天然形成的特慢型透光材料，它是一种正交各向异性体，这就是它的主x轴和主y轴。另外，我发现沿正交轴施加正应力，会显著改变它的透光速度。材料受拉时光速就快，受压时则慢。所以我把它装在这台实验机上，以便调节压力。这些就是调压钮。它们简直像录像机上的快进档或慢放档一样，我们现在可以随心所欲地观看

900年前的形象，或者800年前、700年前……的形象。不过不能倒转，所以我很谨慎，并不随意把奇石中所藏信息提前释放出来。”

达曼拉上窗帘，闭上灯光，按下几个键。屏幕上又出现了那两个“劳改犯”的形象，可比上次看到的清晰多了。这两人似乎正在炕上艰难地吞吃着一些粗糙食物。达曼按动调压钮，施加一些拉力，屏幕上的形象就急剧变换。解除拉力后，画面已变成两个人在抱头大哭了。“已经飞过去了7天。”达曼一面看仪表，一面向我们解释，我们都激动不已。

“还有个大收获，就是关于声波的问题。”达曼兴致勃勃地打着手势，“我发现声波进入这块奇石后，也大大放缓速度，并测定在标准情况下，奇石能使声速放缓130万亿倍左右，所以我们如能听到透过奇石传来的声波，那也是八九百年前的声音，和光波基本相同，但并不完全同步。施加应力对声波波速没有显著影响。所幸我又发现温度对它有一定作用。这些线圈就是控制奇石温度用的。我经过极其精密的对比调试，才使声音和形象同步起来。所以现在你们不光能看到无声电影，而是可以看到彩色电视了。

“不过，还有个问题，就是透射出来的声波信息已十分微弱，不但耳朵绝对听不到，用精密仪表也检测不出来。我是利用分子共振原理采集其无限微弱的信息，进行多量级放大，用滤波器消去杂音，最后经过计算机矫正处理成人耳可以辨认的信号。你们必须戴上这种特殊的耳机才能听到。”他取出几副耳机放在桌上。

斯萌立刻伸手取过一副抢先戴上，恳求道：“达曼，快快放‘录像’吧，我急于要听听宋徽宗的声音，我真等不及了。”

达曼冲她一笑，熟练地调整着各种仪器，屏幕上的形象越来越清楚。徽宗赵佶仍盘腿坐在炕上。钦宗赵桓在打扫屋子。徽宗伸手在自己胸部抚摩了一会儿，接着从耳机中我听到一声凄厉无比的长叹。

“陛下，怎么啦，胸部又不舒服了吗？”钦宗闻声前来，伸手要给徽宗按摩。徽宗挡住了他：

“朕这心病是不会好的了，这条命也是生不如死啊。皇儿，我祖宗开国近二百年，以仁义治天下，不意传到朕，一旦覆亡。我家三千余口，悉沦为臣虏。如今只有你一人在此陪朕受难，哪得不悲怆欲绝啊。”

“陛下，过去的事，不想也罢。再说，是天意祸宋，奸佞误国，臣儿又治理无道，祸延陛下。陛下且善养龙体，毋过分悲痛了。”

“不能怪你，罪过在朕，在朕！朕还有什么面目见列祖列宗于地下！也不知后世将加朕一个什么恶谥。朕好悔也！”徽宗说到这里，不禁失声痛哭，钦宗也呜咽不止。

一会儿，徽宗又俯下身子贴近钦宗低声问道：“皇儿，我两人囚禁在此，外头音信全断，不知大势如何。昨天阿计替引来一官员，观其状是南方人，你可听到什么消息？”

钦宗伸头向四周看了一看，然后也悄悄贴着徽宗的耳朵说：“陛下，那人确是从大宋来的，是个小官，姓苗。臣儿也暗下和他谈上几句。这苗官儿还有眷念故土故主之心，私下告诉臣儿不少话。据他说，天下事仍有可为。九弟确已在建康即位，而且出了李纲、张浚、韩世忠、刘锜、岳飞等贤臣良将。金虏曾几次南犯，都被杀退败回。那人还说，现在岳飞等在河北秘密招募志士豪杰，力图恢复江山，我大宋是不会亡的。”

徽宗立刻以手加额，喃喃祝祷：“上天保佑！上天保佑！皇儿，朕被迫离宫时，就下了手诏给九儿，让他立即即位，来救父兄，将国事都托付给他。这样看来，所托得人。只要九儿能任贤臣、用良将，痛击金虏，光复山河，贼虏知道天命未改，我大宋不可欺，一定能像当年宋辽议和一样，以盟国相处。那时，我父子俩就有回国之期了。”徽宗睁大了未瞎的那只眼睛，流露出一点希望。

钦宗发出一声令人毛发竖立的长叹，脸上也露出十分悲愤的神色，但似马上感到不妥，立刻闭了嘴，还装出扭曲的笑容。徽宗察觉到什么，他一把抓住钦宗的手追问：“皇儿，你要和朕说实话，究竟怎么啦？”

钦宗开始还搪塞几句，禁不住徽宗严厉诘问，加上心中久郁的悲愤，终于吐露了真情：

“陛下，臣儿认为：民心不死，将帅用命，大宋是不会亡的。不过要想靠九弟恢复故土，迎陛下和臣儿回朝断无可能。臣儿已经不作南回的打算，预备死在这冰天雪地的异乡了。”

“这是为什么？”徽宗颤巍巍地问，显得有些上气不接下气。

“陛下，恕臣儿直言。据那苗官儿说，这些年我朝好几次大败金兵，已可直捣金贼巢穴，但每次都被九弟‘见好就收’，严令禁止进军，功败垂成。臣民一起向他吁请，他总是说：‘朕岂不想直捣黄龙，但二圣北狩，母后被俘，如果逼金过甚，父兄要受祸，所以不得不忍辱受羞，尔等要体察朕心。’”

“传告构儿，只要能恢复祖业，就是金贼把朕剐了，朕也甘心。而且我朝势愈盛，金贼愈不敢侮我。构儿怎么这点都不明白！”徽宗显得大义凛然，又摆出皇帝威风。不久，他又垂头丧气：“唉，何人可给朕传语呀。不过这总是构儿一点孝心。只要他不弃此心，我们总还有回朝希望。”

“孝心？”钦宗苦笑一声，“还不如说是机心吧。反正大臣们一上表吁请北伐和迎回我们时，九弟就大发雷霆，杀的杀，贬的贬。而且每当我朝得胜时，金贼就派人威吓九弟说：‘现在上皇和渊圣皇帝都在我邦，尔再无礼，就放他二人回来，尔好自思之。’九弟就立刻屈膝下跪了。”

“啊……有这样的事？”徽宗显得又吃惊，又气愤，有些语无伦次。

“陛下呀，古往今来，为了争夺皇位，弑父杀兄的事多着啦，也不怪九弟。自从我琢磨透九弟心事后，就多次暗中托‘行人’传话给九弟，一次比一次恳切。我说，陛下固然早已倦勤，回去后定然退归林泉，我也已经心如死灰枯木。如能南回，只求当个道观住持，能够太平度日，不致天天受凌辱以泪洗面就心满意足啦。务求九弟安心，顾念父兄骨肉之情，速速统师北伐，痛创金虏，解救父兄回朝。”

“说得甚是，难道他无动于衷吗？”

“哼！”钦宗愤怒地咬咬牙齿，“臣儿不断向南方来人打探消息。臣儿的话倒是句句传到了，谁知九弟板着脸发火说：‘靖康一役，二圣北狩，此乃我大宋奇耻大辱。朕誓必卧薪尝胆，生聚教训，扫平虏廷，以大礼迎回二

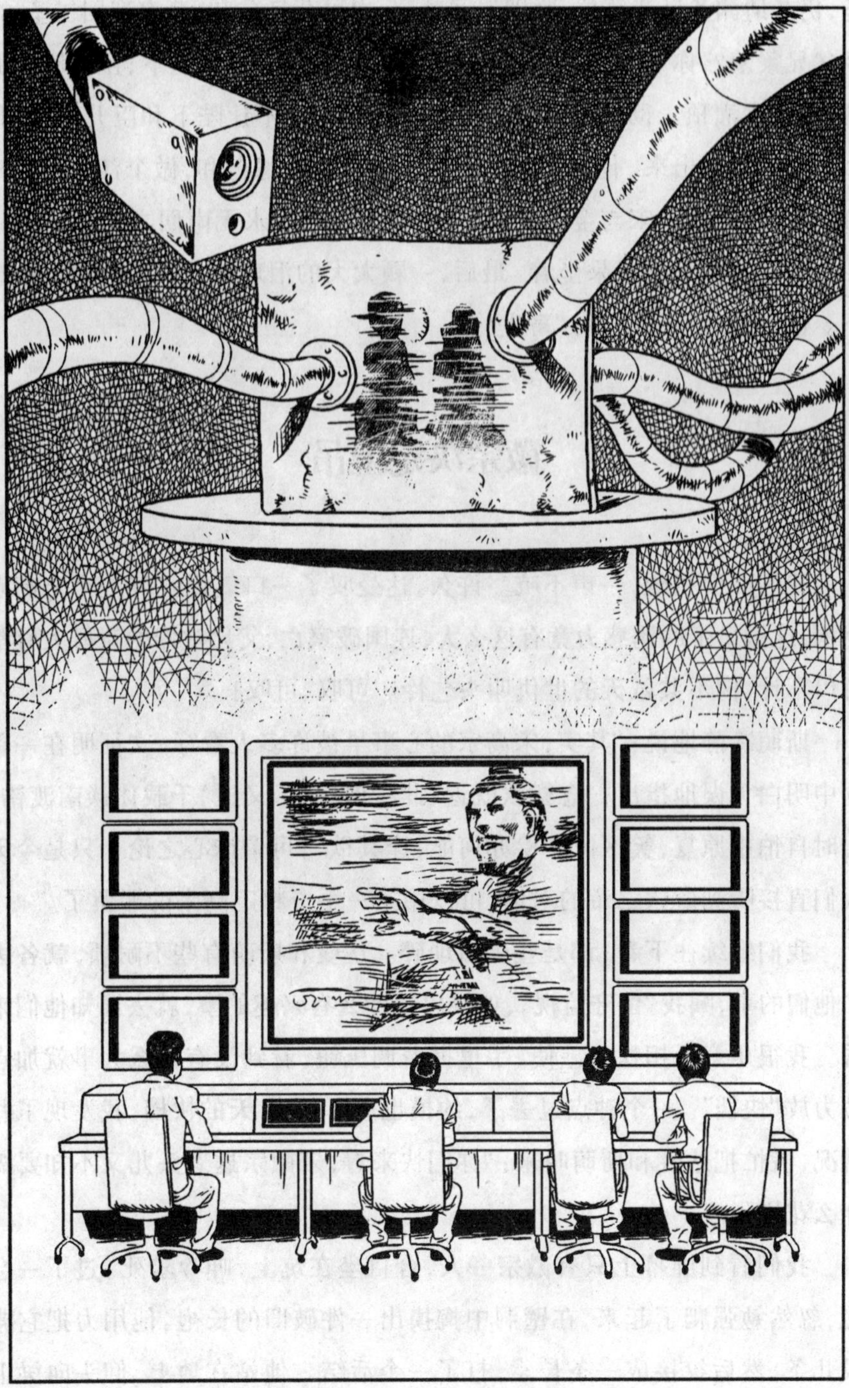

圣,仍恭请渊圣皇帝复位,朕即退回藩邸,岂可苟且乞和,草率迎回二圣,再令父兄蒙羞?你可传言二圣,请其安心等待时机可也。'陛下,臣儿听了此话,如冰水灌顶。彻夜沉思,霍然醒悟,九弟为了不让陛下和臣儿回去,什么事都会做得出来。他一心追求的就是向金虏屈膝乞和,做个江东的儿皇帝。所以,无论大宋与金虏交战是胜是败,臣儿是永无南回之期了。"

宋徽宗像木鸡般呆坐着。最后,一颗大大的泪珠从他未瞎的眼眶中滚下。他愤怒地骂了一声:"畜生!"

徽宗决定上吊

我们面面相觑,一声不吭。许久,达曼叹了一口气说:"好一个宋高宗赵构,这做皇帝的诱惑力竟有这么大,连国破家亡、父兄被俘的奇耻大辱都可以不计,向不共戴天的世仇叩头乞怜。可叹、可叹!"

斯萌冷静地说:"其实,宋高宗的心事早被许多人看穿。文征明在一首词中明白无误地指出:'念徽钦既返,此身何属!'又说'千载休谈南渡错,当时自怕中原复,笑区区一桧亦何能,逢其欲',可谓诛心之论。只是今天我们直接听到徽钦二帝的对话,可以用第一手资料定高宗的罪罢了。"

我们继续往下看,都是些生活琐碎。达曼和斯萌有些不耐烦,就各去忙他们的事,嘱我"留守监视",如果出现什么有兴趣的事,就去通知他们来看。我很乐意承担这个差使,手里握着调压钮,看到没有什么大事就加点拉力放"快档"。一个钟点过去了,约摸也放了近30天的快档,我发现了些情况,慌忙把达曼和斯萌叫来:"你们快来看,宋徽宗这老头儿又不知要搞什么花样了。"

我们看到屏幕上只有徽宗一人,合目坐在炕上,呻吟求死。过了一会儿,忽然勉强爬了起来,在壁洞中掏摸出一件破旧的长袍。他用力把它撕成几条,然后绞接成一条长索,打了一个活结。他站在地上,仰头向梁上望了一会儿，就把布索挂了上去。

“啊哟，不好，宋徽宗要上吊了，快来人呀，那个小皇帝上哪里去了？”我一时情急，失声叫了起来，忘记他已是死了近900年的幽灵了，惹得达曼和斯萌直望着我笑，我不由得面红耳赤。

但是，钦宗倒好像听到我的叫声，从门外匆匆跑进来。他看到挂在梁上的徽宗，不由惊叫一声，扑上前去，把父亲抱了下来，抚摩救活，并跪在地上号啕痛哭说：“陛下不可如此！上年在五国城陛下已轻生过一次，是儿臣救下，今日岂能再如此。如果陛下捐生，叫儿臣何容于世！从此孤苦一人，更无乞活之念，只能也追随陛下于九泉了。”言毕又放声大恸。

徽宗呜咽道：“皇儿，非是朕弃你不顾，决心求死。实念我以帝王之尊，失国被俘，忍辱偷生至今，无非尚存一线希冀，盼上天见佑，王师北伐，还我山河，雪我奇辱，迎我父子返京，再享余年，乐观太平。朕亦欲潜心著述，将一生荒佚失国缘由，一一写述，作通鉴之续，为后世之戒，朕之愿也。今者已知构儿贪恋帝位，断绝骨肉恩情，永弃朕于犬羊之邦，朕还要这残躯何用？皇儿，容朕早作解脱去罢，只求金主怜我自戕，或能放你回去。”

钦宗不免再次慰藉。这时徽宗以手抚喉，看来是疼痛难禁，呻吟不已。忽然从门外进来一人，近前问道：“上皇何事？”钦宗流泪道：“适才上皇又自经觅死，为我救活，现喉部疼痛，求大哥熬些药汤相救。”那人皱眉道：“怎生又萌此短见。此地比五国城更为穷困，哪来药物，恐怕连‘不云木’也难寻找。也罢，且容我出去一觅。”说着，又向徽宗发言：“陛下，不可再寻短见，宽心且待佳音，也免得大王伤痛和我阿计替为难。”说完掩门外出。

“阿计替是个‘金籍宋人’，”斯萌悄悄向我们说，“他原籍河北，陷入金邦为民，是金主命他追随和监视徽钦二帝的，也就是‘牛司令’或‘御用挂’。不过此人心眷故国，对徽钦二帝还是百般照顾，否则的话，这两人恐怕早已被折磨死了。”

话未说毕，阿计替又走了回来，手中拿着几根枯杨柳枝一般的木枝，约有筷子长短，放在水中熬煎，口中连说：“好运道，且喜还有几根不云木，也是官家福气。”水沸后，他注视半晌，盛起半碗汤，让钦宗服侍徽宗饮下，沉沉睡去。阿计替皱眉对钦宗说：“这不云木煎药治病，水沸后木浮者病可愈，木沉者不可救。今皆沉底，上皇之命恐在旦夕，须作算计。”钦宗闻言抽泣不已，哀求道：“望大哥上报金国皇帝，就在此处将我两人敲杀，何苦如此折磨！”阿计替连连摆手：“大王休作此言，叫皇帝知道了须是不好。现南北两朝还在交兵，皇帝岂会杀害你二人？要留着与康王讨价呢。大王且是宽心，或许两朝最终议和，康王坐稳龙廷，仍会迎大王回去，不可再萌他念，阿计替须是担当不起。”

正在谈着，那边徽宗又喃喃梦呓起来，其声极为模糊，从耳机中难以辨认。我们把它录了下来，再用计算机在徽宗的语音库中进行模糊识别和匹配，才破译出来，原来是这位风流天子的临死忏悔词，翻来覆去的几句话：

“朕好悔也，想当年皇兄驾崩，朕以藩王入继大统，自认天命攸归，喜不自胜，岂知朕非治国之君，不如由简王继位，容朕留意书法绘事，何等不美，亦不致倾邦覆国，好悔也。

“朕好悔也，忆朕即位之初，亦思有所作为，纳忠言，用贤相，革弊政，却贡奉，欲重见太平兴国之治，奈何为善不卒，就堕魔道，皆朕之罪，夫复何言！

“朕好悔也，不当排斥正士，狎近奸谀，重用蔡童高梁诸贼，君臣荒诞，甚至夜宿娼家，与人争妓，今为囚徒，亦是报应也。

“朕好悔也，不该横征暴敛，巧取豪夺，竭天下之力搜奇石，营艮岳，困竭民力，国基遂空，皆朕为之。

“朕好悔也，朕不该不治国事，奢侈淫靡，不御外寇，文恬武嬉，崇信道教，普天之下建寺立观，既苦我民，又覆我国，朕之罪也。

“朕好悔也，朕忽视强寇压境，不事兵备，但知招降纳叛，举措失当，一味苟且偷安，献币自保，一旦虏兵大举，州郡尽溃，乃至宗庙倾覆，陵寝为墟，朕之罪诚不容于天地也……”

均州葬礼

“看样子宋徽宗已快进入弥留状态了，他这几句话倒也出自肺腑，可说是人之将死，其言也善了。”达曼在仔细听了徽宗的忏悔词后，下结论似的说。

我们都认为宋徽宗已活不久了，但还不知究竟在何日驾崩。大家都想看看这位亡国之君的最后下场，我还特别想弄清他又怎么化为文化层中的那具颀长的尸骨的。我们三人商定轮流值班监视。我很希望能获得“首见人”的荣誉，自告奋勇多值几个钟点的班，特别我是只夜猫子，所以每天的“晚班”常常由我包了。但是这个皇帝的“韧性”还相当足，拖了几天还不见驾崩，我在值班中也没有看到什么重大事件。只是有一天，一个金国的官员神气活现地来到囚室，手中提了一壶酒和一条干肉，喝令徽宗接旨，原来是金国太子生日，赐赵佶、赵桓酒肉，着跪拜谢恩。这时徽宗已奄奄一息，无福消受了，只能由钦宗一人谢恩领来了这块臭羊肉和一壶冷酒。对这些事，我也懒得一一记录。此后，徽宗病势更沉重，已经有几天未能进食，连便溺都不能下炕，要由钦宗背负服侍。阿计替千方百计弄来几粒丸药给徽宗服用，勉强咽下后呻吟不绝，两天后全身又出了斑点，溃烂化脓，长夜哼声不绝，他又怕惊醒倦极昏睡的钦宗，只好强自忍住。我看到这种惨不忍睹的情况，也感到难受，同时知道离开断气的时间已近，就打电话促达曼和斯萌前来为上皇送终。

他们来后，徽宗已停止呻吟，挣扎着从炕上起来，靠着土壁坐着。一只瞎眼紧紧闭着，另一只眼睛呆呆瞪着，只露出眼白，偶尔有一颗泪珠沿着面颊滚了下来。龌龊蓬松的长发披到他的两肩。身上披的旧青袍，已千疮百孔，露着长满疮的枯黄肌肤。我估计一定还有许多蚤虫正在啃嚼着这枯干的躯体，吮吸最后一点血汁。斯萌不禁叹道：“这就是当年的风流天子、写得一手瘦金体、擅长画翎毛花卉工笔画的道君皇帝！这就是怠弃同事、荒淫奢靡，甚至出宫嫖宿李师师的道君皇帝！”

我们正在嗟叹，徽宗的眼神逐渐停滞，也不再流出泪水，手足也渐渐僵硬。“看样子太上皇要晏驾了。”我自言自语。果然，他终于闭上了眼睛，停止了呼吸，走完了可悲可耻的一生道路。似乎有什么“天人感应”，熟睡在其旁土炕上的钦宗突然惊醒，看到徽宗的模样，立刻爬了过来。他发现徽宗已死，又推又搡，放声大哭，不胜悲恸。一会儿，阿计替闻声赶来，放平徽宗的身体，摸了摸他的头，就劝慰钦宗说：“上皇已经仙去，大王也不必悲恸，办理后事吧。”

钦宗抽泣着说：“求大哥速速禀告金国皇帝。太上皇好歹是一国之君，既已驾崩，还求大国开恩，移入梓宫，赐葬山陵，我南朝君臣都将感戴大德。”

“梓宫？”阿计替吃惊匪浅，“大王是指棺材吧？没有这样的东西！太上皇死在这里，入乡随俗，可只能按这里的规矩办事啦。禀明皇帝？燕京离开这里几千里，又值冬尽春至，道路泥泞，谁肯为此去燕京面君？还是赶紧在此就地收拾吧。”

“那总得求大哥赐一口薄皮棺材，浅土埋葬，总不能像对付我的朱皇后那样，用张芦席一包丢在土里了事。”

“这里连芦席也用不到，也没有什么殡葬之地。全州就只有一口大石坑。人死了都抬到这坑的旁边，把尸体架起，先用野草等点火焚烧，烧到半焦烂的时候，用水喷灭，再用木棍将尸体击打，使其皮肉脱离。然后用一根木杖贯穿尸体，像串烤羊肉一样，投入坑中，沉到坑底。人人都是这么办的。这样，坑中会有油渗出上浮，可以捞出来点灯用。”阿计替一面说，一面还指指炕头那盏昏暗的油灯。

钦宗听说，又惊又苦，还想哀求，阿计替两手一伸，断然拒绝。钦宗见哀求无效，就直挺挺地跪在地上叫道：“苍天在上，可怜太上皇也曾身为大国之君，纵有失德，何至死无葬身之所，连骸骨都不能返回故园？如果这是天意如此，我赵桓也不愿再活，宁愿纵身入坑，始终侍奉太上皇吧！”

阿计替过来拉起钦宗，再次开导：“大王不必如此。活人是绝对不许人坑的。就是死人，也必须经过火烧、水淋、杖击后才可入坑，方能捞起浮油点灯，否则就捞不出灯油。这是祖宗留下的章法。再说，太上皇病崩，阿计替可以呈报皇帝，如大王自尽，这照顾不到的罪名，阿计替可也担当不起。”

正说着话，从门口进来了五六个人，口中嚷道：“死人在哪里？”阿计替吩咐一个人去报官，又指挥其他的人把徽宗尸体放在两根木杖上，一声吆喝，抬了起来，往外走去，去经历这火烧、水淋、棒击、贯木、入坑的大礼了。钦宗边号哭边跟了出去。人影消失后，屏幕上只留下一间空荡荡的土房和一盏垂垂欲灭的油灯——也许这灯油就是从弃尸坑中捞上来的人油和原油。

窗外吹过一阵夜风，窗棂格格作响，灯火挣扎了一下就灭了，剩下一片漆黑。看来要等三四小时天亮以后画面才会再现。达曼关闭了电源，没有吭声。好一会儿，我打起精神笑着向斯萌说：“宋姐，这一幕历史剧确实动人。我知道你是位诗人，何不题诗一首以资纪念呢。”

斯萌动了动嘴唇，细声答道：“这北宋亡国和南宋苟安的史实，确实发人深省。我早年写过一首咏史诗，抄出来请大家指正吧。”

她抽出笔来，在一张白纸上簌簌地写下一首七律，诗曰：

百万金师下汴梁，错将后事付康王。
曲端遭戮悲何限，武穆衔冤恨正长。
五国幽灵埋雪窖，六陵残骨对斜阳。
钱塘江上空潮汐，留得青山号凤凰。

古墓沉冤

异乡遇旧

人生离合，多么无常啊！我做梦也没有想到会在这个浙东小城里，遇见阔别二十多年的同窗学友——小薛和大高。

首先遇到的是小薛。在一个星期六下午，我刚到达不久，办好了会议报到手续，就在大街上闲逛。县城虽不大，街上仍是摩肩接踵的人群，好生热闹。我挤在人丛中东瞧西盼，一眼就看到他那颗大脑袋和清秀的五官。尽管多年未见，他好像一点儿也未变样——当然，细细看时，脸上已增添了几分老态。我兴奋地挤到他身边，用手一拍肩膀：

“哈，小薛，薛远程！这是你吗？还记得我吗？嘿嘿。”

小薛回过头来，愕然注视着我，接着爆发出激动的吼声：“啊哈，你是——阿熊？熊光洁！你怎么会到这里来的？真是难得啊！”

我们紧紧地握手，还学西方人那样拥抱了一下。我激动地说：“我正要问你呢！这些年你躲到哪里去了？怎么音讯全无？我嘛，我一直在光电所里当个小研究员，这次是来参加一个科研成果鉴定会的，就住在云山饭店。”

“我可没有你那样的好运道。大学毕业后换过好几个岗位。念历史的不像你们念物理的吃香哟。后来进了文物局，混口饭吃，一干也20年了。

这次是奉派来看座古墓的。”

“古墓？”

“对啊。这里正在修建512号国道，在小李堆那地方掘出一座古墓。工程部就打电话给文物局，要求派人来考察处理。局里已通知他们先把墓保护好，并派我来看一下。我也是刚到，住在工程部招待所，离这里不远。”

“大街上讲话不方便，到我旅馆里坐一坐，谈个痛快，顺便请你吃顿饭，怎么样？”

“啊，我忘记告诉你了，”小薛突然把脑袋一拍，“你一定想不到吧，大高——高子文也在这里呢。听说是来给一家企业进行技术咨询，他住在平湖大酒家，好生气派哪，看样子是发了。走，我们找他去，敲他一顿饭吃。”

“高子文也在这里？这世界还真小！”我几乎不相信自己的耳朵了，原来我们是念大学时同寝室的亲密战友，尽管三个人来自天南海北，所攻专业也风马牛不相及，但四年相处下来，意气相投，亲密无间，真正称得上情同手足。阔别了二十多年，居然鬼使神差地会在异乡小城相逢，这几率多小啊。我兴奋极了，放开脚步与小薛直奔平湖大酒家。

大高确实发了，不仅住在“总统套间”里，光身上那套闪闪发光的进口西服就值上几千元吧。他看到我们来到，也喜不自禁，三个人着实“疯”了一会儿，才畅吐离愫别衷。他介绍了发迹的过程——研制成了一种新型塑料“301剂”，还送了我一大堆资料。为了礼貌，我只好收下，打算回旅馆后再送进废品箱。后来，他又通知屋顶餐厅送来一顿丰盛的晚餐款待我们。酒醉饭饱之后，我们还舍不得离去，仿佛有说不尽的话。最后他看了一下表：“啊，夜深了，你们也该休息了。明天是星期天，我们痛快地玩一玩。这附近的几个溶洞有点名气，一切开销我包了，怎么样？”

“那可不行，”小薛摇晃着脑袋，“512号国道工程工期很紧，我明天就得去现场。我看这样吧，干脆你们明天跟我一起去小李堆，古墓虽没有溶洞中的千姿百态，也可以发思古之幽情呀。怎么样？”

这个主意不错，我和大高欣然同意。

神秘遗稿化劫灰

星期天，工程部派了一辆面包车把我们送往现场。来接我们的史处长是个猢狲样的瘦子，我自认为有洞察一切的分辨力，一眼看去就断定他不是个善良之辈。当小薛把我们介绍给他时，他对大高又点头又哈腰，而对我很冷淡，连握手时也像大夫号脉一样伸出三个手指碰了一下。"这家伙肯定是个势利鬼、马屁精。"我在心中暗骂。

在车上，史处长向小薛介绍情况。据他说，国道通过小李堆时有较深的开挖。在挖到路基高程时，露出一个砖砌的拱券。大家认为可能是座古墓，就保护了现场，同时报告了文物局。小薛听了满意地点点头。

两小时后，我们来到了现场。公路从一座小山丘旁通过，已经挖开了一条梯形大槽，槽底露出了一个砖砌的拱顶，四周用绿色塑料棚围着，我怀着好奇的心理随着史处长和小薛走了下去。真是干一行爱一行，小薛看到墓穴就像鬣狗看到腐尸一样扑了过去，他又是看，又是摸，又拍照，又素描，还细心挖出一块碎砖来辨认。一会儿，他回过头来兴致勃勃地向我们解释：

"这是一座有点规模的古墓。从结构形式和砖上的字来看，是南宋初年的墓葬，距今约900年了。大家看这土层，这是表层腐殖土，这就是封土。"他用铲子铲下一片封土细细鉴赏，"封土就是筑好墓穴后回填的土，一般都加以夯实，而且组成较一致……啊哟不好！"他突然把眼睛盯住边坡底部呆看，接着走了过去，俯身挖出一块黄土来："糟了，这是盗洞土，这座坟早已被人盗过，真叫人失望……什么，我怎么知道的？你们看，这种黄土的颜色和密实度与封土完全不同，黄土在露头处又呈椭圆形，就足以说明一切了。盗墓贼是挖了个小洞通到墓穴的，得手后再胡乱弄些土回填……真真可恨！来，你们沿这个洞掘下去，仔细一点，掘到砖券处就停下。"小薛有条不紊地指挥着民工。

由于墓穴不深，所以工人们很快就掘出一条斜道直达墓穴。果然，在墓穴侧壁的底部有一个大缺口。洞口很快清理出来。史处长递给我们每人一支手电，小薛带头钻了进去，史处长、大高和我鱼贯而入，我们就进入一座阴气森森的古墓中。

这墓穴大约有2.5米宽，3米高，呈城门洞形，全用青砖砌成，四壁和拱顶斑斑驳驳，底部则用正方形的地砖铺成，在墓穴中部高起几寸，四周是较低的凹槽。小薛告诉我们，高起的部位叫棺床："棺床者搁棺材的地方也。"四周则是放殉葬品的地方。在微弱的手电光照耀下，墓穴中空无一物，不仅殉葬品被盗殆尽，由于年深月久，棺木和遗骸也化尽了，棺床上只留下一些隐隐约约的痕迹和几缕花白的头发。但是当我把电光射向墓穴北端时，却发现似乎有一沓书放在那边。我马上走了过去，真是一沓线装古书。

"快来看！这里有一沓古书。"我失声叫了起来，蹲下身去。"不要碰它！"小薛在我身后着急地叫了起来，但是迟了，性急的我早已伸手去捧它们了。我怎么也没有想到，这书简直像幻影，我双手尚未用力，它就立刻崩解成千百碎片，倾泻在地下，宛如一堆纸灰。

"糟糕！完了！"小薛万分懊丧，连连跺脚。我闯了祸，呆立在一边，不知所措。小薛蹲在地下，辨认良久，喃喃自语："还剩下一本！"

的确，在地面上还剩下一本书没有崩解，但正在发出轻微的声响。这是一本大开本的线装书，封面已残破，看不清原来写在上面的字，只残留最后一个"稿"字。书原是用丝线订成的，实际上线已不存在了，只剩下一点痕迹罢了。我这才明白，这种书不要说翻阅，连走近它都有危险。果然，小薛招呼我们："这本书还在起变化，看来气流和温度的扰动都会使它消失。我们赶快出去，将洞口封起，慢慢再想办法。"

冻结了的宝籍

我们回到地面。小薛把情况一说，捶胸顿足："墓主人用这套书殉葬，可见其珍视之深。这书可能是失传的秘本，也可能载有重要史实，现在已变成劫灰了。可惜啊！"于是群众谴责的眼光和批评的声音纷纷落到我的身上，使我惭愧万分，几乎变成一只过街老鼠。但是，史处长镇静地说：

"不要责怪熊研了，除薛工外，谁都没有这方面的常识，谁站在那里都会去捧书看的。倒是还残留的那本书怎么办呢？碰是碰不得的，一碰就变灰。但是不碰它又怎么取出来保存和研究呢？大家有什么主意？"

人们就议论开了，有人建议仍把墓穴封好，这样至少残书可以保持现状，等将来保存技术发展后再来处理。这方法是可行的，但将影响国道工程。史处长为难地说，国道改线将大大增加造价和拖延工期。人家正议论不休，大高忽然干咳了一声。他迟疑地说：

"如果只求保存残书不再崩解，我想我研制的301剂倒很合适。这种材料在液态时能轻轻渗入任何物质中，几乎不产生扰动。固化后，原件就可永久保存下来。我们曾用它处理过一张从西北戈壁中出土的快要化灰的绢画，效果极好。"

大高的话引起大家的赞叹，但一个人问道："古书被301剂固化后，还能够阅读吗？"

"当然不能读了。这好比封在琥珀中的昆虫，只能看其外形的。"

"那还有什么意义！"大家又泄了气，议论纷纷。这时，一种灵感触发了我，我觉得立功自赎的良机到了，就重重地拍了一下手：

"请静一静，听我说。读书并不一定要翻开书本的，我想我有办法读这本冻结了的书！"

这一下，大家的目光又集中到我身上，而且是惊讶羡慕的目光。我得意极了，挺直已弯了多时的腰杆，侃侃发言：

“不打开书本就能读它的内容，许多人都认为不可思议，其实原理简单得很。上世纪末，我们就已经发展出电子束扫描和CT层析技术了。我们用不着打开人的体腔就能获得人体内部信息，那么，读一本冻结在塑料中的书有什么难呢。”

“我最近制成的特殊激光层面射线仪，就是这种性质的仪器，当然其分辨精度和调控能力已不是早期的粗糙仪器所能望其项背的。详细原理一下子说不清，但我敢发誓我一定能读出被冻结的宝书中的每一个字。”

我的话赢得大家的信任，史处长还带头鼓起掌来。小薛思考了一下，伸出手来在我肩上一拍：

“好，阿熊，我信任你的能力。我们干吧！大高，请你打电话回去，让他们赶快送301剂来。”

一小时后，一辆小车疾驰到现场，送来几个密封罐和玻璃瓶。大高仔细地用天平秤取了几瓶原液，又和我们钻进了墓穴。我们围在残书的周围，看大高操作。棺床本来就比地坪高出一些。大高用一条木板和黏土在凹槽处筑了个小坝，然后拿起一只玻璃瓶向我们扬了一下，轻声说：“这是甲液。”在手电光下，我们看见他小心翼翼地将瓶中的透明液体倒了进去。液面慢慢上升，接触到书本时发出轻微的吱吱声，迅速渗了进去。上帝保佑，书本果然没有崩解。直到液面盖住书本和所有碎片后，大高才喘了一口气，揩掉了额上的汗：“现在不要紧了。阿熊，”他招呼我，“请把你身边的那瓶乙液也倒进去。”他又回头向大家解释：“甲乙两种原液混合后再加入些引发剂，就会凝固成301体。”

也许由于太兴奋了，我在拿起玻璃瓶时把原液溅出了不少。好在黑暗中谁也没注意，我把剩余的原液都倒了进去，两种原液混合后在电光下显出美丽的淡红色。大高又取出一只小瓶，用滴管滴了几点引发剂进去，马上又发出吱吱的声音。过了两三分钟，大高用手按了一下液面，“很好，已初凝了，再过5分钟就会终凝，我们就可以把宝贝撬起带出去研究。”

红藕香残玉簟秋。
轻解罗裳，独上兰舟。
云中谁寄锦书来？
雁字回时，月满西楼。
花自飘零水自流。
一种相思，两处闲愁。
此情无计可消除，
才下眉
上心头。
昨夜雨疏风骤，
浓睡不消残酒。
试问卷帘人
却道海棠
知否？知
应是绿肥红

几分钟后，我们确实把冻结了的秘籍带到光天化日之下，主要是一块淡红色的透明板，那秘籍完整无损地嵌在里面，另外是一大堆塑料疙瘩，冻结着所有的碎屑。大家见了无比激动。大高洗了手，一面啜着茶，一面轻松地说："我的任务已完成，以后就看阿熊大显身手了。"

我们休息了片刻，带着宝籍和从墓内脏土中清理出来的几件盗剩的小铜器回到县城。史处长执意要陪同我们。有过这次经历，他像换了个人，对考古和文物显示出极大热诚，上车前还一再叮嘱工人保护好墓穴，必须等他回来才能复工。

在车中，我一直盯住那块淡红色的板不放，脑中浮想联翩。这到底是本什么书？墓主人又是谁？书中载有什么奇闻逸事？神秘的面纱即将揭开，而打开秘密的钥匙就在我手中。我发现史处长正目不转睛地望着我，十分热情。我觉得他似乎不全是原先我认为的马屁精了。

墓主人之谜

史处长、小薛和大高簇拥着我回到云山饭店。我在房间里迅速装好层面射线仪，并把塑料板放在测试台上。他们都紧张地注视着，看我熟练地操作。我的心情也特别好，一面得心应手地调整着键钮，一面滔滔不绝地解释：

"这台仪器是我花了五年时间研制成功的，其原理就是利用激光束的定深度透射而获得不同层面上的信息成像。我这次应邀来此地参加一项新产品的鉴定，需要层析数据，就把它带来了，刚好派上用场。看，这是发射光源的探头，它以极快的速度扫描试件。调整光束强度和波长以及其他一些参数，可使光束穿透到被测物件内部的指定深度处，这就是一个层面。层面上如有字迹，则有字地方对光束的吸收和反射性能便和空白处有很大差异，这些信息通过光缆传到计算机上，处理后就可在屏幕上显示成像。

"我们的宝书现被封闭在301体中。大高给我的资料中有301体的详尽数据。从中我发现它完全在我仪器的适用范围内。只要把A键置于中档,B键取高档,C键取低档就可以了。这是个微调钮D,它可以精密地调整光束的穿达距离d。我们不妨先置d为初始值,观测书画成像情况,再逐页透视。我估计这本书行120双页——线装古籍总是这样的,因此算出每单页的厚度是0.1毫米左右。"

我一面说,一面启动仪器,并缓慢地调整D钮。探头中射出绿莹莹的光束,扫描着塑料板。屏幕上开始是一片空白,偶尔出现些雪花,当我把D钮调到一定位置后,屏幕上突然出现了残书的封面形象,那个不完整的"稿"字尤其清晰可辨,和原件完全一样。由于封面并不是绝对的平面,我还调整测试台的双向倾角,使屏幕上的雪花最少,达到最佳位置。

"成功了!"我欢呼起来,"现在光束正打到封面上。看,这个'稿'字多清楚。好,让我们看看下面的扉页上是什么内容。"我再次调整D钮和测试台倾角,封面图像渐渐隐去,不久显示出下一页的形象。中间是用毛笔缮写的"漱玉类稿"四个大字,下面则写着"卷二十"三个小字,字迹十分娟秀悦目。这显然是一本用连史纸订成的手写稿,并非木版印本。

我们都十分紧张,小薛更是激动。他紧握着拳头,指甲深深陷入肉中,他用嘶哑的声音叫道:"太神奇了!难以想象!阿熊,再看下去!"我把D值又增加了0.1毫米左右,屏幕上出现这一双页的后半张上的字迹,当然是反转的。我按下编辑键中的"反对称变换钮",它就变成正像了。这一页基本是空白,只在左侧有一行小字,似乎是落款:"绍兴二十一年岁次辛未□□□□乙卯□□易□居□录竟自存"。(□号是看不清的字)我们都不懂这是什么意思,但小薛竟显得目瞪口呆。

我又转动旋钮,屏幕中出现下一页的形象。这才是正文的第一页。上面似乎写着一篇自叙。有些字已漫浸不可辨识。小薛圆瞪双眼,刷刷刷地在笔记本上抄录着。我仔细研读,这页右侧第一行写的仍是"漱玉类稿卷二十"字样,第二行写着"劫馀琐录"四个字,第三行写着"自叙"两字,第四行开始是正文。文章是四六骈文，典故很多，平心而论，我看不懂。小薛抄录完后，抛下笔，搓了搓手，回头兴奋地向我们说：

“你们知道这墓的主人是谁吗？她就是中国历史上最富才华、最负盛名的爱国女词人李清照呀！这套书，就是她亲自写定的《漱玉全集》，共20卷。从自叙来看，全稿共有词集10卷、诗集5卷、文集3卷、赋1卷，这一册是最后1卷，杂录。这真是国家的稀世奇珍，里面将有多少激动人心的佳作和可歌可泣的史实。幸亏盗墓贼只要殉葬的古器，而把这一宝籍留了下来。大高、阿熊！感谢你们用先进的科学技术保存了这一奇珍异宝，而且使它重现于世！啊，我太激动了，请给我一杯水！”说完，他就瘫在椅子上。

千古沉冤话改嫁

“李清照！”我们虽没有多少古汉语知识，但对历史上最负盛名的女词人还有些印象，至少我们在中学里还念过几首她写的摄人心魄的词呢，因此不约而同地问道：“这是真的吗？”

“绝对不会错，”小薛斩钉截铁地说，“我研究李清照已30年了，苍天不负苦心人，今天终于让我看到她的手迹。这字体是学卫夫人的，已到了炉火纯青地步，看了真叫人心旷神怡。她真是一位擅诗词书画四绝的奇才呀！这样吧，我们先把全书内容大致浏览一下，然后一页页地将它缮录下来。阿熊，请把微调钮给我。”

小薛转动键钮，屏幕上显示出一页页的内容，这确是李清照在晚年亲笔记述的一系列往事。小薛贪婪地读着，约摸看了四五页，他突然停了下来反复研读一条条文。我估计这里一定有重要情况，因此也伸头去看，还记了大意（断句是我加上的，已换作简体字）：

“绍兴癸丑夏日。得内翰綦公札。殷殷以金石录为念，慰诲勤勤，感人肺腑。□□□□，斯之谓欤。夫内翰之泽我岂独此哉。（下面漏抄一段）犹忆建炎三年,德甫奉诏知湖州。旅次遘疾。余□匐奔视,仅获觌一面。而疾亟时,犹有某学士携玉壶过视,强属鉴识。告以珉也,愠怒不信。德甫嘱余出真□与观,始默然。而把玩不已,索求之情,见于面。德甫有难色。余呼曰:命之不存,其如玉何。竟以授之。便携去,讵知竟入北朝。而道路传言,加余献璧虏邦□罪。御医王□□□告□已有论列,祸将不测。微传内意,速行报进,庶可免论。余大怖。尽出精器进上。而案迄不解,惶急无计,作启求援于公,始蒙湔雪。然德甫与余经营半世,至是精华尽失,何聚之难而失之易欤。乃知玩物怀璧,非徒丧志,亦足以覆宗也。悲夫。”

小薛抄完,愣了半晌,长叹一声:“原来如此,这些人也太卑鄙了。”我们听了都莫名其妙。小薛就讲了一件摄人心魄的史实给我们听。

他说,李清照和她的丈夫赵明诚(德甫)都是金石迷。青年时代夫妇俩住在济南,宁可穿布衣吃粗粮,积下每一文钱到相国寺去购买碑文、书画和古器。以后赵明诚做了官,更把全部俸禄都用于此,长期搜求,收藏渐丰。住在青州时,器物就藏满十多间房子,还撰写了有名的《金石录》。没有想到祸生顷刻,金兵大举入寇,两人仓皇南逃,只带走一些精品,还装了15车。在建炎三年(即公元1129年),两人逃到了池阳,赵明诚忽奉诏独身去湖州上任,清照在河岸边与他分别。两人都预感要发生变故。明诚嘱咐她:必要时先丢掉辎重,再抛弃衣被,再不得已放弃书册、画卷乃至古器,只剩下最宝贵的“宗器”,那可要亲自抱负与之共存亡的!

明诚在去湖州途中染上瘟疫。清照得信后魂魄俱丧,星夜赶去,只来得及和丈夫见了最后一面。在这种情况下还有人来请他们鉴定玉壶,又勒索了他们的玉器而去。想不到这玉器最后竟流入金国。有人就造谣说他们曾向金寇献宝,要兴大狱问罪,威逼清照将所收藏的精品统统上缴。你们想不到吧,这个幕后勒索她的人正是封建头子宋高宗。清照把精品“进上”后,案仍未解,只好求姻亲綦崇礼(即“内翰綦公”)去说情,总算未遭诛戮。“这一条正是写这件事呀!”小薛愤然说道。

我们听了不禁都感叹清照的不幸和高宗的全无心肝。但小薛说,清照所受的冤屈还不仅是“通敌”，更有改嫁一案。接着他又告诉我们一件更令人难以置信的公案。他说：

“李清照的人品正如她的词品，十分高洁。她和丈夫有共同的志趣和追求，结下了生死不渝的感情。明诚赞她‘清丽其词，端庄其品，归去来兮，真堪偕隐’。明诚暴亡，她哀毁骨立，秉承遗志，整理遗著《金石录》直到去世，这都是尽人皆知的事。

“可是，有些史料上却说她晚年改嫁给一个粗俗贪赃的军人张汝舟。而且嫁后三月不堪虐待又诉讼离异，说得有根有据。连清朝那位颇有见解的诗人赵翼也写过‘千载同悲李易安’之句，可见这些传闻影响之大了。

“这件事太使人难以置信了。一查，所谓史料多半是笔记小说，抄来袭去，没有实据。最有‘根据’的是一部叫做《云麓漫钞》的书，其中载有一封李清照写给綦崇礼的致谢信。信上谈到自己听信谎言，被骗嫁人，又不堪虐待，诉讼求离，其间得到这位綦公的援手才能解脱等等。信是一篇四六文，直到现在我还背得出。这样，李清照的改嫁受辱，成为铁案如山。

“现在，清照的手迹出现，真相大白！她请托并感谢綦公斡旋的就是这件‘通敌案’，根本不是什么改嫁的事。《云麓漫钞》中的那篇‘谢启’，是她的仇人窜改过的。在信的前半部捏造增添了一大段受骗改嫁的话。有了宝籍，我一定要为她洗冤！”

“原来如此！”史处长透出一口长气，“薛工，你要给李清照雪冤，真有把握吗？”

“几百年来一直有人在为她雪冤，但现在有了李清照的亲笔记载，才有了铁证！”小薛指着屏幕兴奋地说，“现在回想起来，那篇窜改过的信，尽管读起来也叮叮当当，典故如林，但总掩盖不了拼凑而成的痕迹。特别是信的后半段一再感谢綦崇礼为她‘平息了无根据的诽谤’，还求他‘原赐品题与加湔洗’。如果是再嫁离异，怎能请人来止‘无根之谤’，又怎么‘品题’、‘湔洗’呢，这些只对‘通敌’一案才对得上号。可见作伪者改了前面，顾不到后面，终于露出了马脚。更不要说李清照那时已50多岁，鸡皮鹤发还会嫁人,而且还有人要娶这位老太太。这在900年前的宋朝难道能够想象吗?”

小薛说到这里,义愤填膺,简直要以拳击案。在我们的排解下,他才按捺怒气,继续阅读这本宝籍。

《声声慢》之恨

小薛阅读了几页后,眼光又一次停滞下来。这一页上又出现引人注意的条文,我抄下的是(断句也是我加的,已换作简体字):

“绍兴己未(注:公元1139年)季秋。是岁风雨视常年有加。□□□□。弟远自市肆归,有不豫色。诘之,黯然曰:顷闻朝廷从相国议,与虏划淮为界,息兵媾和,纳土奉币,长为藩国。绣水乡园,青州故第,永无重临日矣。余乍闻言,似电掣雷轰。前尘旧梦,齐涌心头。呜呼!垂暮苟活,有所待也。今者已矣,天实为之,谓之何哉?终日踯躅,不知所觅。或取酒半瓯,益添乡愁。凭栏久之,忽闻风振衰树,雁唳长空。猛忆昔年与德甫莱州闻雁,分韵赋句情景。物是人非,何以堪也。及暮,天作墨色,细雨如丝。怆痛难遏,乃铺绢濡笔,谱声声慢一阕曰:寻寻觅觅,冷冷清清,凄凄惨惨戚戚。乍暖还寒时候,最难将息。三杯两盏淡酒,怎敌它晚来风急。雁过也,正伤心,却是旧时相识。满地黄花堆积,憔悴损,如今有谁堪摘。守着窗儿,独自怎生得黑。梧桐更兼细雨,到黄昏点点滴滴。这次第,怎一个愁字了得。一抒痛怀,未计工拙也。翌日绿华夫人过访,因取示之。夫人溘然曰:居士其欲断尽天下愁人肠耶。相与抱持大哭。”

这首题为《声声慢》的词,我们都读过。当时只感觉写得真好,却说不清好在哪里。现在读了这条记载,似乎稍微多懂了一点。但我们都不满足,异口同声要小薛做个“辅导报告”。小薛感情冲动,也不推辞,拭了一下泪眼,低声说道:

“这首词真堪称千古绝唱,连清照的仇人也不能不折服。古往今来有多少赞誉之文，但多从文采上分析，例如说她‘一开头就连下十四个叠字简直是公孙大娘舞剑手法’，或欣赏她‘守着窗儿，独自怎生得黑’一句，说这个‘黑’字不许第二个人押。现在我们知道了她填这首词时的环境和心境，才更能领悟其沉痛之处，催人泪下啊！”

“清照是北宋文学家和政治家李格非的女儿，有极高的文学天赋和严格的家庭教养。她和明诚真是一对天生佳偶。论文采，清照还稍胜一筹。两人共同搜寻碑帖古器、厘定考证，闲时烹茗论文、赋诗猜书，又常常是清照获胜，笑倒在丈夫怀中。请想想，他们是多么美满和谐的一对。”

“哪想到，军事形势陡然逆转，金兵大举入侵，摧枯拉朽地打垮了北宋王朝。夫妇两人仓皇南逃。他们只挑选了一些精品携带，其余都藏在青州旧居里，尚堆满了十五间房屋，被野蛮的金兵一把火烧光。李清照历经了亡国、破家、丧夫种种劫难。高宗制造‘通敌’案，掠走了她的珍品，其余的也被抢、被窃，她最后只保留了丈夫留下的一本《金石录》，逃到浙东投奔她的弟弟。尽管历尽磨难，清照仍然坚强地活了下来，为什么？为的是《金石录》还有待她校勘、整理、题跋、作序，更为了她坚信抗战会取胜，中原能光复。为了这个目标，她苦苦地活着，等待着，支撑着，她要活着再见故里一面，把丈夫的遗骸埋葬在当年欢歌笑语的地方。可是，在苦等十年后，宋高宗以尽割淮水以北土地和年年纳贡为代价，取得了做儿皇帝的资格。这消息一传来，无异是在清照枯瘁的心中刺进了最后的一刀，她如痴若醉，无目的地东寻西觅。她想借酒浇愁，可怒号的西风撕开她悲痛的心肺。她倚栏远望北方云天，只看到南归的雁儿凄唳悲鸣，似乎告诉她再也不要梦想北回了。她想到庭园中走一走，可满地凋零的黄花败叶，象征她永远消逝了的年华。她只好‘守着窗儿’眼睁睁地呆等到天黑。偏又下起阵阵细雨，敲打着那梧桐树叶，点点滴滴的悲声，印入心头。她不禁哀呼，苍天啊，叫人怎能忍受这无穷无尽的乡愁！”

小薛说到此处哽咽住了。我方才感悟到这首词的境界。小薛接着说：“清照的著作散失殆尽，可是留下的这点点‘吉光片羽’，哪一篇不是熠熠生辉的明珠！特别是晚年写的词，怀念故国、追忆往事、恨朝廷之无能，寄希望于光复河山，都以极平常的口语度入音律，使一切爱国者读后涕泗横流痛彻肝肠。这样一位才女、贤媛、有骨气的抵抗派，竟被人攻击为‘可笑不自量’、‘荒淫之语肆意落笔’、‘搢绅之家能文妇女未见如此无顾藉也’，甚至骂她写的东西是不祥之物遗讥千古，一直到污蔑她暮年改嫁，受辱再离，‘晚节流荡无归’、‘传者笑之’、‘德甫不幸有此妇’……我真不懂这些人生的是什么心肠啦！”

罕见的政治迫害

问题又回到改嫁案上了。大高迷惑不解地望着小薛，提出了一个问题：“我真不懂，这些人为什么要这样围攻和污蔑李清照呢？她是个弱女子，凄凉的寡妇，无非词写得好，难道是妒忌才华、文人相轻？”

“这正是我多年研究的一个课题。李清照在文学上的才华光耀千秋，是个不争的事实，引人妒忌也难免。但她还有好些特点才真成为招祸之源。”小薛进一步解释说：

“首先，她对文学理论有独特见解，而且眼界极高。她早年写的《词论》，不管正确与否，确有其独到的见地。从这点出发，她瞧不起甚至是最负盛名的大文豪如欧阳修、王安石、苏东坡……讥笑他们写的词不过是句子长短不一的诗罢了，甚至令人笑掉大牙。连天下公认的泰斗都被她批得一钱不值，她得罪过的同代文人就不知凡几了，这可是犯众怒的呀。尤其身系女流，许多对她的人身攻击，都发泄了这种骂她狂妄的愤恨。

“其次，李清照实际上是一位中国历史上主张男女平等的勇将。她在少女时就填词描摹她怎么样倚在门边看男人的情景，真是呼之欲出。她会玩各种赌博游戏，譬如‘打马’，不仅自己玩，还形诸笔墨，写下了《打马赋》、《打马图序》和打马的经验。她这样离经叛道的事还很多，她的言行举止不能不引起卫道士们的切齿痛恨。

“但最重要的还是政治立场问题。她的一生正值宋金两邦作拼死搏斗的大动乱时代。中原和江南人民面临亡国破家的大祸。作为统治者的头子宋高宗皇帝，他唯一的祈求就是向世仇屈膝投降，让他能偏安一隅当个儿皇帝。他最怕听到的是抗金，‘迎回二圣’。‘二圣’一回来，他的皇帝就当不成了。但是广大的人民和文臣武将坚决要求抵抗。用今天的话讲，投降派和抵抗派的斗争是压倒一切的血腥斗争。李清照作为彻底的抵抗派中的一员，她痛恨和鄙视那些屈膝乞降的汉奸，简直到了爆炸的程度。她曾以‘夏日绝句’为题，用了二十个字写了一首最短的诗：‘生当作人杰，死亦为鬼雄，至今思项羽，不肯过江东。’这首诗真像匕首一样刺进逃到江东的高宗之流投降派的心中。李清照有才有名，不把她搞臭，投降派还能睡稳觉吗？要知道，为了贯彻卖国偏安的方针，他们连国家的功臣岳飞都敢陷害杀戮，怎肯放过一个寡妇！这才是真正的招祸之因。

“然而，李清照毕竟是个无权无势的弱女子，而且才名气节远播，不便像杀岳飞那样可冠以‘意图谋反’的罪名，直接下狠手，需要采取些策略。最恶毒并有效的办法就是污辱她的人格，丑化她的形象。你不是大声疾呼要抵抗吗，就加你一个‘通敌’的罪名。哦，原来这个表面上大义凛然的女人，暗地里还在向金贼头子献宝呢！试问，这样一个女人无论写出多少慷慨激昂的诗词文章还能打动人心吗？

“更进一步，你不是以清高自命，以与赵明诚生死不渝的感情自傲吗，就加你一个暮年改嫁又受辱仳离的谣言。哦，原来这个自称坚贞的女人，在鸡皮鹤发的时候还要去嫁给一个横暴贪俗的武夫。试问这样一个女人所写的倾吐她一生苦难的呕心沥血之作，还能摄人心魄、催人泪下吗？恐怕人们反而会在心头作呕了。

“有人觉得不大可能当李清照还在世时就诬她改嫁，难道不怕她亲自出来反驳吗？其实，投降派必须在清照活着的时候就把她搞臭，否则就意义不大了。李清照当时隐居小城，仇人在全国范围内诬陷她，她有口难辩。

请律师吗？打官司吗？登报辟谣吗？开新闻发布会吗？我们往往容易拿今天的条件去套古代的现实。李清照实难有效反抗，只能带着深深的心灵创伤和悲愤，结束她最后一段人生旅程。她唯一能做的，只有把她毕生的心血著作亲手缮录，带进她的墓穴，作为她清白人生的见证。

“也许是贞魂不泯，这部手稿在沉睡千年即将湮灭的前夕，有一小部分却奇迹似的落入我们手中而且将重现于世。这是考定李清照身世和人格的第一手资料。现在，我们有为李清照洗冤的神圣责任。我现在心急如焚，阿熊，让我们从头翻看，我要一页页逐字逐句把它的全部内容转录下来公之于世。”

小薛的话感动了我们三人，我们都愿意作“清照雪冤团”的义务成员。时间已很晚了，我对小薛说：“小薛，我们一定帮助你洗雪这件冤案，我们握有铁证，胜券在握。你不要太激动。今天时间不早，大家也累了，而要抄完这本残稿也不是一时三刻所能完成的。我看这屏幕上的显示很清楚，你不妨准备些高清晰度的胶卷将它逐页拍下影印问世，不但避免差错，而且李清照的娟秀字迹也能与世人见面。明后天我要参加会议，你星期三上午来吧，史处长、大高，你们也一定要来。”

昙花一现的天书

星期三清晨，我刚盥洗好，胡乱吞了些早餐，小薛、大高和史处长就来了。小薛带来了市上能买到的最清晰的微粒胶卷。

我启动了仪器，有把握地调动键钮。当然首先照射封面，出乎意料的是，屏幕上只显示一个很淡的形象。我诧异万分，反复调试检查，并无差错。我狐疑不决，就调整D钮透射第二页。但情况并未好转，甚至更差些。那页上“漱玉类稿卷二十”七个字简直难以辨识。

“这是怎么回事，看不清啊，更不能拍照，阿熊，把对比度调大一些。”

我把对比度调到极大，屏幕上的字稍稍清楚一些。但我惊恐地发现，这些字迹正在慢慢黯淡下来，正像一支燃尽了的蜡烛慢慢熄灭一样。十多分钟后，完全消失了。我们目瞪口呆，相对无言。史处长忽然惊呼一声，用手指点着被测试的原件。原来冻结在塑料板中那本古铜色的旧书已变成白色，仿佛是一本用新的连史纸订成的未启用过的本子。

“这是碳分子被氧化和漂白了。但怎么会出现这种事呢？我配制的原液是十分精确的呀！”大高喃喃自语，忽然回头问我：“阿熊，礼拜天你是否把乙液全倒进去了？”

我猛然一惊，吞吞吐吐地说：“当然都倒进去了，不过……我拿玻璃瓶的时候，溅出一些液体，我想，溅出的不多，就没有多说。”

“啊哟，问题就出在这里！”大高像被人刺了一刀，尖叫起来，“甲液中含有十分活跃的氧原子，必须由乙液来固定，你把乙液溅出了，就不足以固定所有的氧原子，它们都不会听话地冻结在301体中的，一定要缓慢释放活动，最后使纸上的墨迹消失，比任何褪色灵厉害万倍。唉，完了，功败垂成，你这个人啊！”他以手捶头，小薛则已瘫痪在椅子中，面色惨白。我不仅痛悔万分，而且感到自己又一次成为一只过街老鼠。

“这事也不能全怪熊研，”史处长再一次为我解围，“在暗中摸索，谁也会失手，而且高工事先也没有把利害讲清楚。熊研，不要难过，想想还有什么办法可以补救。高工，你的301体稳定吗？是不是慢慢地会降解，宝书又可以拿出来？”

“301体的稳固期取决于滴入的引发剂的量。那天，我想既然阿熊能阅读冻结的书，对降解期也不必多推究，根据那天滴入的量来看，它大约可以维持一千年。”

“啊，再等一千年！”史处长皱起眉头，又向我说：“熊研，你能否用激光刀把这塑料板一页页地切开？我想，切开后总有办法处理。”

“史处长，用激光刀切片并无困难，但每页书不完全是平面，我必须研制一把‘智能激光刀’，它能自动对准书页之间的空隙切进，这要花很长的研制时间。”

史处长搔搔光脑袋，又出了个点子：“那么，你能不能提高这台仪器的性能，让它在白纸上也能辨出信息并成像呢？”

我从椅子上跳了起来，紧紧握住史处长的手：

“史处长，你的话太对了，启发了我，这台仪器是根据层面上各部位吸收和反射光束强度的差异来成像的。现在字迹虽然消失了，但写过字的地方纸质里的分子结构和空白区不同，信息依然存在，我完全可以利用这些差别来成像，还可以利用磁共振技术，我有信心短期内解决它，只是，只是，科研经费……”

史处长和善地笑了起来，拍拍我的肩膀：“这就好了。科研费？你别犯愁。这次把你们请来也给我以很大教育，使我懂得了保护文物有时比建设工程更重要！我已向上级报告，申请国道改线，保留这座古冢。你说的科研费不论多少都由工程部包了。我们有实力修国道还会没有钱保护这一代词人的墓葬、手迹和为她洗冤？”

“史处长，你真是位了不起的领导，我真瞎了眼，当初对你很不礼貌，还认为你是个马……小薛，大高，我向你们宣誓，我永远是李清照‘专案组’的成员。我现在有个想法，我不但要使这本残书原貌重现，还要使那些碎片也起死回生。我要把每一碎片上的信息都提取出来，然后排列组合，渐渐拼成原璧。当然碎片数以万计，拼凑取舍的工作量不可思议，但我可以开发出最高级的智能系统和神经元件来处理，只要再购一台超级光子计算机就可以了。我一定要使劫灰重生，我要把完整的二十卷本的《漱玉全集》奉献给全世界的炎黄子孙！”

大高站起来，举起一只手：“阿熊，说得好。我也是‘专案组’的成员。阿熊第二步研究工作所需的设备、经费，由三〇一公司全部负责了。”

小薛喊了起来：“谢谢你们。我们还等待什么？让我们立刻收拾行装回去，开始新的努力吧！”

史处长拦住了我们：“我知道你们的心情，不敢挽留你们。但如果你们接纳我成为一名‘专案组’成员的话，请允许我挽留你们半天。你们来后我还没有尽地主之谊呢。这样吧，今天我陪伴你们参观，晚上吃顿便饭，饭后我再陪你们去古墓凭吊一下，然后一起上省城休息，明天一早再起程吧。”

尾声

史处长的热情真令人感动，他陪我们参观了全城的名胜古迹，还让餐厅精制了几个真正的浙东名菜款待我们。晚餐后，他亲自驾驶轿车把我们送到古墓处，这时已月上柳梢头万籁俱寂了。

我们并肩立在已停工的公路边坡顶上，向黑洞洞的墓穴作又一次凭吊。我心潮起伏，思绪万千。我慢慢地伸出手臂指向夜空，像宣誓一样自言自语：

“伟大的爱国主义者，光耀千秋的女词人，易安居士，请您安心，我一定要依靠科学技术，洗雪你千古沉冤，还你清白身世，还要使你全部心血著作永传华夏。请安息吧！”

几缕凉风从丛林中钻了出来，树丫杈格格作响，我仿佛听到一个贞魂的回音：

沉冤千载　长夜呻吟
湔雪有望　感戴鸿恩
泉台引首　静候佳音
诸君珍重　湫玉敛衽
……